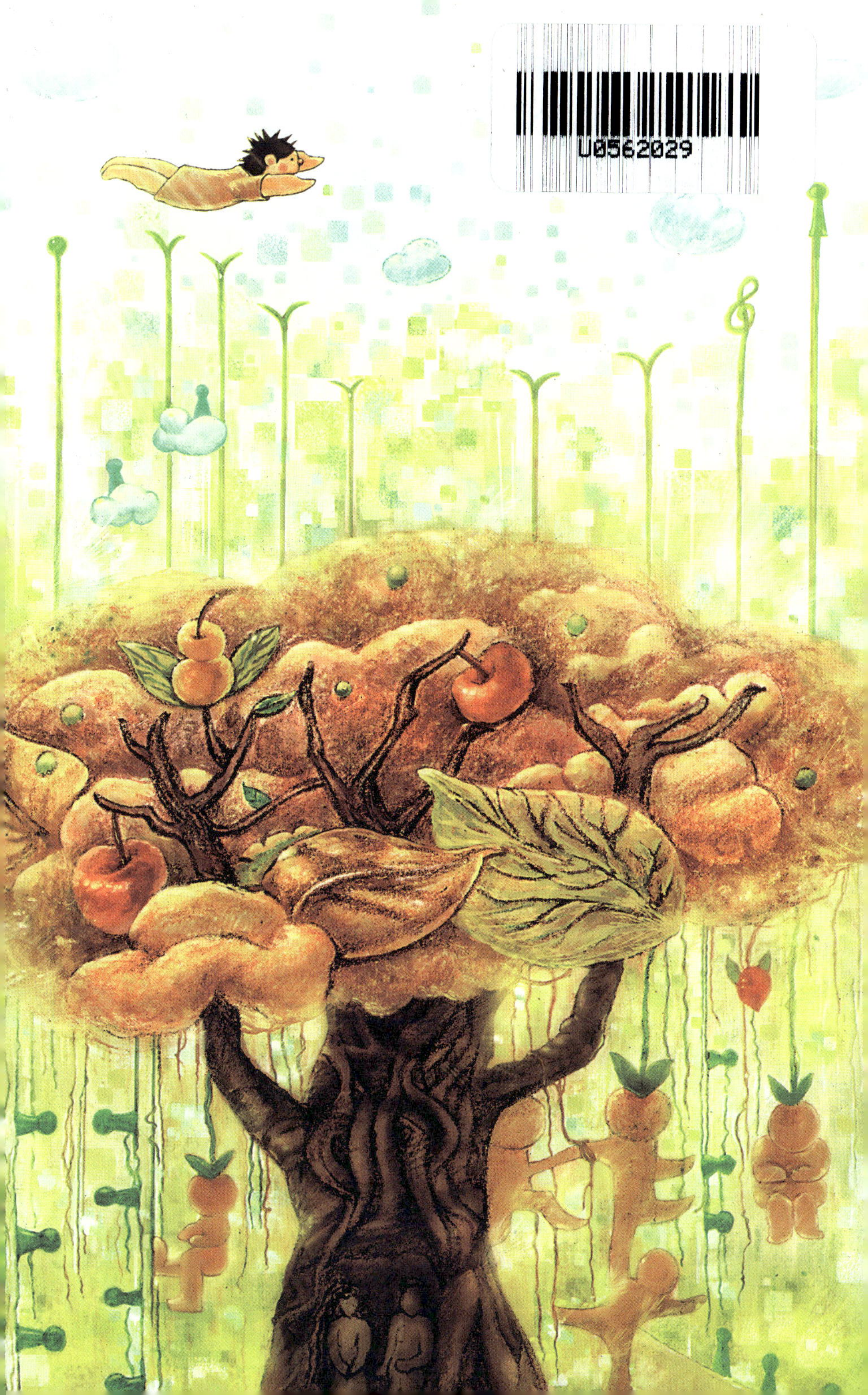

我很好，
那么你呢

文吉儿 著

北京时代华文书局

序 所有的"为时已晚"都是恰逢其时

李 锐

有人问,青春是什么。那些慌张、疼痛、温暖的时刻就是青春。而它本身,就带有治愈性。有人问,青春应该怎么过。真正聪明的人不会在应该勤奋的时候选择偷懒。我们将自己比作数字1,很多人会说,我每天都在努力,可是为什么我感觉跟懒惰的人没什么差别。每天进步一点,你就是1+0.01,而每天退步一点就是1-0.01。1.01与0.09的差别也许很小。可是365天过后呢,1.01的365次方是37.8,0.99的365次方是0.03,在每一天的累积过后,差距就是一千多倍。所以,不要在努力的过程中说"我真的坚持不下去了,感觉自己在做无用功",那是因为你还没有到最后。

一个人真正不可被超越的,是其内在的东西。你在这个世界上做的任何事,都是为了让自己变得更好而已,与其他人无关。你去学习,不是为谁而学,是为了让自己成为学识渊博的人。你去对另一个人付出感情,也不是为了获得这个人对你付出同等的爱。这些种种经历，都是属于你自己的，是一个累积能量的过程。一个人的内心若有能量，就能在时光蹉跎后，站得笔直、笑得亲和。许多人尽管年岁大了，可看上去依然有气质，因为在他的身上散发着岁月所沉淀的美好。

《阿甘正传》里有这样一句话："生活就像一颗巧克力，你永远不知道你拿到的下一颗是怎样的。"生活是无常的，充满着不确定，就像由各种各样的巧克力组合而成。你会吃到比较甜的奶油夹心巧克力，也会吃到比较苦的纯黑巧克力。各种味道都会尝试，只是出场的顺序不一样。

《我很好，那么你呢》是一个少女琐碎的情感累积和生活感悟。有水蜜桃一样的清纯，那应该就是青春伊始的味道吧。用文字来传递能量也是一件欣喜的事。每个人的青春里，都会遇到许许多多有趣的事，然后变成了人生态度。这样真实的故事，是值得细细品读的。

青春，是一趟没有过站的列车，什么时候都刚刚好，所有的"为时已晚"都是恰逢其时。所以，读一本关于青春的书，来思索一下别人故事里的你。

序　青春的样子

梁　田

青春，它是什么样子？人们总是疏于纪录，终于模糊了关于它的印象。

吉儿，她的样子无法让人一下子联想到她是个小有成就的作家，因为太漂亮。当然，这样的偏见在我们相聊甚欢之后就烟消云散了。读着她的文字，我总是会感叹，这样丰富的经历和细腻的感触，居然出自一个20岁的姑娘。

在那篇《他上了上海》中，我看到她恬然的身影。在那样一个高速又拥挤的都市，用一种反常的流浪似的节奏去见一个活得潇洒的朋友，不慌不忙，慢慢品味一座城一个人。在《孤独是自由的副作用》中，我读到了她淡淡的情愫中蕴含的小哲学。文章中引用钱钟书先生的那句"从今以后，咱们只有死别，不再生离"，表达出她的执拗。读到此处的读者，是不是想到自己关于某件事、某个人的执着了？

我们的青春，总是由许多符号串联起来的，属于那个时刻的音乐，属于那个时代的电影，等等。读这本书，总会找到你记忆中存在的独特符号。读《不怀旧，正青春》时，你就会想到《栀子花开》的旋律和演唱者何炅。读《当你孤单你会想起谁》时，你的脑海里一定萦绕着那段歌词的旋律。这个姑娘，总会用文字不经意间戳一戳你，让你会心一笑。

关于旅行，她写了很多。我爱这种旅途感受的分享，好像我也跟着她轻快的步伐踏过了她走过的小路，坐过的咖啡厅。重点是，文字的旋律。我一直觉得，文字是有旋律性的。她通过文字告诉读者，"我今天很懒，思考了一天的《如果》。踏着天马行空的小步舞曲做了一天的童话家"，又或是"我今天很深刻，研究起了《女性半边天》。踏着激昂的进行曲，我要做一个独立坚强撑起半边天的姑娘"。

她就是这样的真实，一个有深度但却不做作的女孩。

青春，终于有了它的样子，而你，一定能够从她的青春里找到共鸣！

序　生命在于折腾

张逗逗

收到文吉儿寄来的书稿，首先看到的是她手写给我的赠言。瞬间，我想起小时候老妈让我练字的情景，临摹了不少本字帖，可没有一本是坚持练完的。真是万事开头难，然后中间难，最后结尾更难！如今，也只有啧啧称赞别人，这姑娘写的字不错。

拍戏生活，黑白颠倒，空隙间我拿起了文吉儿的书稿，这些跳跃在纸上的文字，让我想起当年的我。那时的我每天放学后，顶着一头完全没有造型的凌乱短发，在校园篮球场旁的林荫小道上飞快地骑着单车，耳机里循环播放着《香草吧噗》。觉得好玩就会张大嘴巴，任由风和清香灌入口中，同时灌入的还有几只飞虫，使得舌头变得麻麻的。现在，每当听到这首歌时，还能感觉到当时的味道。

也许，人就是在回忆、当下、向往中度过日常时光的。让当下变成回忆，让向往变成当下，在这个过程中，让一切变得美好，是我们要去做的。有人说普通人的一生有四个阶段，分别是心比天高的无知快乐与希望——愧不如人后的奋斗与煎熬——毫无回报的愤懑与失望——坦然的平凡与颓废。如今，你走到哪一步了？我看，这四个阶段不用一生去经历，在那些与青春有关的日子里，就已经反反复复地经历了。生命在于折腾，就算你是条咸鱼，只要你折腾得有方向，也会修炼成一条有格调的咸鱼。

目　　录
/
CONTENTS

人生没有白走的路

不怀旧，正青春 / 003

不念过去，不畏将来 / 006

等待 / 009

懒惰是终极毁灭者 / 011

旅行的意义 / 013

奶奶的绿豆汤 / 016

人生只如初见 / 019

如果 / 022

时过境已迁 / 024

一条咸鱼的自我修养 / 027

早睡早起 / 029

长得好看 / 032

如果不是你
我不会确定

Wei，我爱你 / 037

爱是礼物 / 039

暗恋这件小事 / 042

你还好吗 / 045

你好，爱人 / 047

念念不忘，回响不重要 / 050

情话 / 052

谁在爱情面前说了谎 / 060

说你也一样爱着我 / 062

他只是不爱你 / 065

我猜你也喜欢我 / 068

喜欢的人要自己挑 / 071

喜欢一个人 / 074

余生很长，你很难忘 / 077

愿你被爱情温柔对待 / 080

| 我们都一样 |
| 年轻且坚强 |

当你孤单你会想起谁 / 087

公主病要治 / 091

论朋友 / 094

秋日的小私语 / 097

让我陪你 / 101

人 / 104

说点笑话 / 106

一个懂事的傻子 / 108

来自文吉儿的告白信件 / 111

曾经年少
尽情欢笑

才华是最好的荷尔蒙 / 117

何必委屈自己 / 119

花开好了 / 121

那些有意思的小事 / 123

青春和远方 / 126

谁都逃不过 / 129

寻找旧时光 / 131

自欺欺人的小世界 / 133

白日梦患者 / 136

趁我年少如花 / 139

做时代的担当者 / 142

人生本该自由

何不就此漂泊

Hero / 145

哆啦A梦与大雄 / 148

洱海随笔 / 151

关于不要脸 / 152

关于迷失,关于你,关于我 / 155

九份的雨 / 157

绿岛小夜曲 / 159

你可知Macau / 161

人和事 / 163

他上了上海 / 166

晚安台北 / 169

乌镇 / 173

影子情人 / 175

给最该疼惜的自己

别太瘦 / 179

打败你的从来不是天真 / 181

孤独是自由的副作用 / 184

嗨，从前的自己 / 186

回忆一梦 / 188

女人半边天 / 189

我很好，那么你呢 / 191

我喜欢，我讨厌 / 193

习惯 / 196

一个人的咖啡 / 199

一个人的迷藏 / 202

一念放下，万般自在 / 205

呓语 / 208

有的事，藏在心里 / 209

有一句话说到你心里 / 212

遇见更好的自己 / 215

再见小时候 / 217

最好的自己 / 220

人生没有白走的路

不怀旧，正青春

人生有太多的岔路口，你只能跟越来越快的时间赛跑。来不及回忆，来不及拥有，只在盘算着明天，忙碌着今天。为什么我们喜欢看《青春派》那种带一点怀旧味道的电影？因为我们能从故事里的某个人、某件事看到自己的影子，那是我们不愿与人提及的往事，充满了感性的情愫。喜欢看这样的电影，因为我们都有一个缺点就是很健忘，电影则能唤起我们的记忆，帮我们捡起并审视那些放下很久的东西，想起那个可能再也见不到的人。这几年以"青春"为主题的电影总能收获不错的票房，而我们也在"致青春"的道路上潜伏着，明明很年轻，却仿佛已经老了一样。

总是在一切都还来得及的时候，说"过去了"；总是在最有情怀的时候，假装自己是个无情的人。

我想说，简单点，都简单点。

不喜欢的东西就扔掉，讨厌的人就拉黑，未来还有那么多的事等着你去处理。哪有那么多时间怀旧，不用怀旧也别回头。浮生世界，离合梦幻，褪去繁华，憧憬于未来，踏实于现在。这样看来，有时候"喜新厌旧"还是个褒义词呢。

我们每天都要接触很多的新鲜元素，人是善变的动物。我们不会一直过着一成不变的生活，也不会每天说着同样的话、写着一模一样的字。我们可以为了一个人酩酊大醉后，爱上一个天天叫你喝白开水的人；我们也有可能被自己深爱的人遗弃，成为想被甩掉的旧鞋；更有可能一个你以为毫无瓜葛的人，在某一天突然冲出来说他想了你一万次。这些未知的、不确定的，你都不知道，那才是新的生活所给予你的，一定很期待吧。人有七情六欲就注定了我们天性里有赌徒的潜质，我们总是抱着赢的心态。

有时候我们改变不了环境，可我们能改变对待环境的态度。我们改变不了过去，但是可以改变现在。喜新厌旧不是病，总是心软地去原谅一些错误的人，才是真正的无药可医。最后打败你的不是天真，而是你一直以来笃定的错误的信念。我们高喊过很多关于青春的宣言，数数剩下的日子，一天一天在减少。如果时间是减法，所谓"永不散场的筵席"不过是在倒计时。你曾遇到的他也许是最好的他，可他并没有选择你，那是因为很久以后的你，才是最好的你，"你们"隔了一个青春，谁也无法逾越，那就伸出手好好道别吧。

我们在成长的路上百感交集，我们的青春有着天真的幸福和些许的遗憾。若你硬是要回忆过去，只能说："别来无恙，都还好吗？"经过这么多年，我们好像都老了一点点。可未来还有若干年，我们唯一没学会的就是妥协。

如果说人生是一场舞台剧，我们有幸参与了许多人的人生剧目。这剧本是谁为谁量身打造的，不知道。我们只能一幕一幕顺着剧情而发展，机会只有一次，只能愿赌服输，既然如此，又何必顾忌呢。写到这里，我想起一句话：谁的青春都留不住。是的，你虽然还有回忆，可生命的长河却是如此无常。别再怀旧了，你正年轻着呢。

不念过去，不畏将来

很久以前，安妮做了一个梦。梦到自己走在一条路上，看见小岛和教堂，还有堆满鲜花的宫殿。佳宇走在另一条路上，他的路上有忠诚与荣耀，有骑士的盾与守护。爱情就像他迷人眼眸里的那抹柔情。那时候的他们真好，庆幸在偌大的宇宙间躺在同一个星球上。

很久以后的现在。

再见到安妮时，佳宇问："难道你就没有什么想对我说的吗？"

"没有。"安妮冷漠地绕过，想要离开，却被佳宇的手紧紧拽住。

安妮厌恶地撇开佳宇的手，清了清嗓子："在那么好的年纪遇到你，算我倒霉。"

佳宇傻傻地怔在原地，他无论如何也没想到，那个以前对他逆来顺受的安妮，有一天也会变得这么陌生。

也许你会好奇他们曾经的故事，可是那些其实并不重要。很多人失去了爱人之后，仍盼望着旧情的复燃，然而他们忽略了，如果心如死灰，复燃则是不可能的。这一点才最重要。如果将三岁小孩拒绝一颗糖的心理行为称为自制力的话，很多成年人在自己第一次喜欢的人面前，是不具备这项心理素质的。等第一次失恋过后，或许能总结出一个经验。自己宁愿每天一个人被太阳晒醒，也不愿和用阴霾笼罩你的人在一起。否则，你起床后都不能愉快地吃早餐，只会在失眠带来的痛苦中给自己冲一杯提神的苦咖啡。

有人说："如果你没有失而复得过，你一定不知道什么叫重蹈覆辙。"有的蜜，自己知道有多甜；有的苦，自己知道有多痛。所以，千万不要跟过去的爱人重新在一起。有数据显示，两个人分手后复合的概率是82%，但复合后能一直走到最后的只有3%，97%的情侣再分手的理由跟第一次完全一样。那些电视剧里，撞了南墙也不回头的爱情桥段，让机智的你一眼看穿，并明白了不少道理。可若自己也去做那样的傻事，就是在演电视剧给别人看了。

这个世界上有一类人很固执，认死理，他们看问题的方式很偏执。这个世界上除了死亡，任何形式的离开都是背叛，因为分手的时候会很痛，漫山遍野的疼痛。小心翼翼包裹好受伤的自己，在烈日下曝光，然后眼泪被迫蒸发。从对方忍心伤害你的那一刻起，就该明白，你的感受他一定从没考虑过，就像曾经爱着佳宇的安妮。佳宇见过安妮爱他时的样子，所以他知道，现在她一定是不爱了。

我们都想要完整的感情，许多事情发生过，我们不能选择性失忆。有时候，期盼分手的两个人重新相爱，仔细斟酌后又会觉得事已至此，还是让过去的过去吧，好自为之比较实际，这种怀旧情结真是自己都难懂。

也许你喜欢穿旧袜子，可袜子破了总有扔掉的那一天。再难忘也不要借口打扰，你的自愈能力才会越来越强。在旧爱里藕断丝连，会让你的行为方式越来越笨拙，所以要习惯清理感情垃圾。那些过去的不再想念，将来的才能无所畏惧。

等待

等待一件姹紫嫣红的花事,是幸福。

在阳光下等待和喜欢的人一起筑梦,是幸福。

守着一段冷暖交织的光阴等着慢慢变老,是幸福。

这一切都是遐想。

昨天夜里下了小雨,化成青石板的眼泪,石板路等待着雨后第一缕阳光的微笑。

藤蔓纠缠着老树,老树等着恢复青春,长芽吐绿,藤蔓在等待老树新生。

顽皮的孩子在游乐园骑着旋转木马,孩子等待妈妈温暖的怀抱,小木马等待着她所思念的亲人。

白雪公主等着白马王子来拯救,海的女儿等着心爱的人带来幸福。

远方的人等待南归的鸿雁载来一个春秋的思念,里面有春天的花香,夏天的阳光,秋天的落叶以及冬天的皑皑白雪。

乞丐等待着未知的清晨从角落处水泥墙缝里钻出一朵倔强的花,为他的生活增添美丽的印象。

可是鸿雁载不起那样浓重的思念,水泥墙缝里无法生长出那样骄傲的花朵。

等待是夜里自己发光的萤火虫,在无边的黑暗里自己照见模糊的前路。

等待是洒在书页上的阳光,随着故事的发展一点点向结局靠近,却始终无法将结局一目了然。

等待是外星来的小王子,兀自守护不会开放的玫瑰花,明明知道希望渺茫,可依旧固执地、痴痴地等下去,时间都不能将它说服。

等待是你的或者我的,真的或者假的,过去的或者未来的,在午夜里不断翻飞的希冀。每个人都有他不愿放弃的等待,等待就是一个小小的停靠站。偶尔把时间约出来,打打盹、发发脾气,然后我们都安静下来,一起玩一个叫"等待"的游戏。

懒惰是终极毁灭者

懒惰是一种无色无味的毒药，被它沾染后，你会感觉自己开始发霉腐烂，明明什么也没做，却疲惫得要命。它是神采奕奕的死敌，是荒废梦想的罂粟。日常生活里，我们常常会犯懒。明知道这样不对，可是人对欲望的自控能力有限。这些坏的习惯可大可小，可渐渐地它在你的精神里扎根，你的生命质地也会跟着缩减。

有很多女孩虚胖，就说自己是水肿体质。其实是你的懒惰滋养了你的肥肉，惯坏了你的体质，最后还可能拖累你的身体。现在流行一句话：我只想做一个安静的美女。这样的生活方式会让人越来越虚弱。都说爱吃的女孩生活简单，好养活。可光吃不动的姑娘，会从一个可爱的小吃货，变成一个空虚的大胖子。

行为上的懒惰可以拯救，但思维上的懒惰则无药可医。放弃思考，是智力上一种自我矮化的症状。如果你甘愿平庸的生活，那么你的懒惰思维，可以在你的人生里畅通无阻。可社会不允许有这么多无所事事坐吃山空的人存在，这种什么事都想着"明日做"的人，结果将是一事无成。人的一生，时间有限，明日复明日，明日不会何其多。

荒芜的人生很可怕，许多人着急迷茫一事无成，却又懦弱无能逃避退缩。若你的世界里没有弥漫的花香，没有秀丽的风景，只有荒草丛生，孤身片影，那该是多么孤独寂寞。现在的年轻人有一种年龄依赖症，想着"我还很年轻，再玩几年有什么不可以"。可是一个缺乏自制的人，不管在什么年纪里，都不懂得如何珍惜年华，充实自己。那些别人用来成长进步的时间，都被你大把的挥霍掉了，更别提那些剩下的无比贫乏的时间。浑浑噩噩的过一生，经常装作自己不可一世。但当别人问起你有什么成就时，你却哑口无言。时间对任何人都是最公平合理的，如果说做好一件事需要一个万小时，那么你的三分钟热度注定你的事事不顺。

我听过这样一则对话，一个很懒的人对另一个很懒的人说："我比你懒。"另一个人回复："不要跟我比懒，我懒得跟你比。"这些日常生活的逻辑思维，都已经被强制简化的时候，是不是意味着这个人的各种生理机能也跟着退化呢？最后，他可能还不如一条土狗，至少狗对骨头的钟爱，是我们有目共睹的，你往哪扔它就往哪跑。而现在的年轻人很多懒得足不出户，连饭都不去吃，就是舍不得走那几步路。

其实人的智商差别并不是很大，各领域超人的智慧和成就来自于专注。你要勤奋的去对待自己，人百分之九十的烦恼都来自于对自己无能的愤怒。倘若你是一个善于思考、懂得合理分析、敢于大胆假设并且主动付诸实践的人，你就会减少许多烦恼。

这个世界上有一件事是很可怕的，就是比你优秀的人比你更努力。就算你不能成为那一个最优秀的人，也拒绝将自己颓废成一个懒惰的人。只来一次的人生，还是让它过得有意义些吧。

旅行的意义

约几个朋友一起去大理,只为想念那里的天空、湖水和久违的放松感。

可还没下飞机,我就发现两件有点戏谑的事。一是在国内有的时候"Excuse me"比"让一让"有用,对方还特别为你考虑且没脾气。二是飞机平稳落地到开舱门的这段漫长时间里,很少有人坐着等,这是大家从众心里和愚昧无知的表现。

为了不浪费等待的时间,我开始阅读随身携带的历史故事书。很多时候,我们会读历史书,想要从前人的人生脉络中捋清思路,然后运用到自己的实践中去。可是大多数历史书籍的故事色彩太重,不利于总结,这让我很苦恼。我相信经验有道理,可是会出现偏差,过度依赖经验,而不是思维,是会出毛病的。读书的本质,是获取知识信息并促使人思考吸收信息,但读书只是知识增长的方式之一,相对其他方式,也更为有效。书本可以把信息整理好,对于这些信息,要有能力去甄别哪些才是有效的。

下了飞机，提了行李，出了关口，见到了久等多时的民宿老板。他叫"胖叔"，当地人，皮肤黝黑，很热情。我们上了车，他也开始跟我们聊起来，问我们："来大理准备做什么？""发呆。"我脱口而出的大实话逗得大家哈哈大笑。胖叔说："你们一看就是城里来的有文化的人。"我问为什么，他说："像你们这样有文化有情调的文艺青年，连发呆都会找个好地方，呆着呆着，就容易有灵感，写写文章唱唱歌什么的，像我们这种一辈子生活在这里、没读过书没什么文化的人，让我每天坐在那里看湖发呆，我也想不出什么来，只会难受得不得了。"胖叔的直白和淳朴让我们对这个大叔多了几分好感，他一路上向我们介绍大理的风土人情，我们细心聆听，这是游客对当地人最好的尊重，我们相互欣赏，各自成全。

大理有个著名的景点，叫作崇圣寺。大家都是看金庸的武侠小说长大的，对大理有着一份特殊的向往。好想走进武侠世界里，自己变成盖世英雄。同伴走到寺庙门口说："我要是能遇到一位大师为我指点迷津就好了！"我问他："你现在有什么困扰吗？"他说："我最近很懒，事业很不顺，我想让自己好起来！"其实他心里已经很明白，解决问题的方法就是变勤奋。我们往往懂很多道理，却又始终被自己蒙蔽双眼，总是需要一位让自己信服的长者指出自己的不足，说出自己内心的希望，才会愿意面对并且改正。也许这就是人失意时对自己的不自信吧，其实自己才是最了解自己的人。

晚上回了客栈，大家一起玩纸牌。其实牌桌上的游戏告诉了我们，在很多情境中，不一定要追求终极完美的判断，只要比对手判断的准确就足以获胜。生活好比一场牌局，想要赢牌就好好在输与赢的过程中积累经验教训，说不定下一手牌就能大获全胜。

　　一趟旅行，几个挚友，一个自己。在旅行中学会思考，并且有所收获，就是旅行的意义。

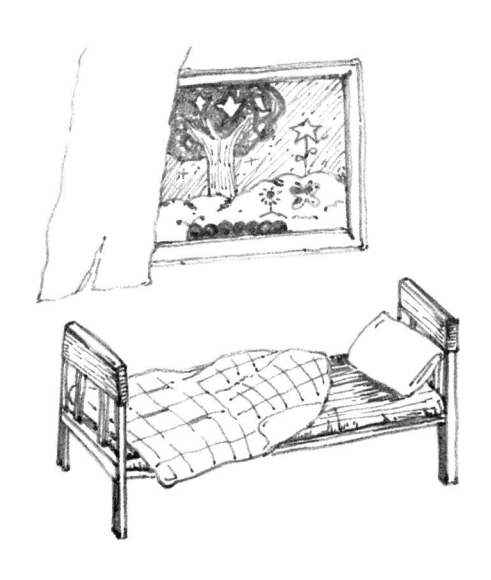

奶奶的绿豆汤

都说隔代亲,我也有同感。跟我最亲近的人,是奶奶。我生来喜欢夏天,所以夏天的事记得最多。如果说起小时候,记忆都是与奶奶有关的。

那时的午后,最喜欢她拿着蒲扇为我扇风、哄我睡觉。那时的西瓜,又大又甜,她总是切成两瓣让我用勺子挖着吃。那时的我,总是爱挑食,她就带我去坐滑梯,滑下来一次,吃一口饭。我很怕苦,感冒不愿吃药,她就想尽办法,将药倒进我最喜欢喝的娃哈哈里,于是我大口地吸着。那时我从未想过她会变老,那时我还不知道一碗绿豆汤,会被我回味那么多年。

奶奶是一个性格温和、宽厚善良的人。从来没见她生过气,也许是因为心态好,常年总是笑呵呵的,身体也倍儿棒。她唠叨得最多的就是:"宝儿,你吃饱饭了没?"好像因为我从小挑食不爱吃东西,长大就不会自己吃饭一样。从前,总认为她念叨我是甜蜜的负担。如今，初入社会后发现最暖的还是来自家的叮咛。从前，我总盼望长大，想要离开父母亲人的羽翼，学会自己飞，自己成长。现在，我发现离开家的航线有千百条，而回家的路只有一条。

我第一次看见奶奶的白发时，发了半天呆。我从未思考过，她老去的速度比我成长的速度要快得多。

那时，我觉得她就是一个魔术师，一会儿变出好吃的冰凉粉，一会儿变出热腾腾的豆腐脑儿。我一直认为她是一个很有学问的人，会带我走很远的路去看小火车，会带我去农村的田野里认识各种蔬菜，会买各种拼音贴图教我读书写字。小时候觉得最可口的食物，就是奶奶给我熬得绿豆汤。

我问她："为什么好喝的绿豆汤是绿色的？"她说："因为绿色代表希望啊，宝儿你就是奶奶的希望。"我总是用一脸甜滋滋的笑回应她，然后一咕噜吞下我的绿豆汤。

后来我长大了，上大学后就不跟奶奶住在一块儿了。有一次放假回去看奶奶，她提前一个星期就开始张罗我爱吃的小零食。回家的那个下午，她端着小板凳提前好久坐在门口等我。我感觉明明快要到家的路，却是越来越漫长，期待着下一个路口就可以看见她高兴地冲我招手的身影。这种期待就是人最真实的关爱吧，我们总是在纷纷扰扰的社会中，思考着身世沉浮，如何与人博弈，却总是忘记身后还有最亲切的呼唤在等你回家。

见到她的第一件事就是拥抱，她见到我就拉着我的手舍不得放开，自豪地跟邻里说："我孙女回来了！"这一句话是她经历多少个漫长的日子后的心声，想想忍不住自责起来。

小的时候总说以后长大有能力了要好好孝敬她，她听了总是特别高兴，摸摸我的额头说："我孙女就是疼奶奶。"长大以后，当你有物质能力去兑现你当年的承诺时，你会听到这样一句话："奶奶啥也不缺，奶奶就是想我的宝贝能过得好。"

其实说到底，我的幸福就是她最大的期待了。我能做的就是有空多回去陪她散步，聊天，在她眼前晃悠。哪怕什么都不做，她的心都是踏实的。

后来，我在无数个不在她身边的日子喝过许多碗绿豆汤，可怎么喝，都喝不出关于她的味道。所以，一到夏天放暑假，我都要回家。

人生只如初见

都说爱笑的女孩子运气不会太差,爱吃的女孩大多可爱天真单纯善良。可这样的女生往往胃不好,比如说我现在就在深夜里胃痛如刀割。一个人住,除了平时懒散大条的生活没有人干涉外,就是你无论"生老病死"都不会有人关注到。

蜷缩在被窝里,疼痛从胃部开始一圈圈蔓延。这可不是减肥后遗症,而是我的死敌——吃太多。果然,很多事再喜欢都要有个度,否则容易适得其反。

夏天来了,喜欢一个人穿着宽大T恤、一条大裤衩和夹脚拖鞋从第一家夜宵摊吃到最后一家。烧烤和啤酒、冰镇西瓜,这些都是我的爱,每次吃到感觉身心满足,而从未想过这些东西伤胃。就像我曾经那么执着地喜欢一个人很多年,却从未想过有一天会伤人伤己。

翻箱倒柜找出了很久之前囤在家里的胃药,晕晕乎乎吞了口水咽了下去。睡眠是唯一可以忘记现实中烦恼和疼痛的有效方法,于是我开始自我催眠。

是否人在脆弱的时候很敏感，容易想起平日里刻意遗忘的事。

那年夏天，我们无比憧憬长大。今年夏天，我无比憧憬那年。

时光走得太快，甚至来不及跟你说再见。你离开得太匆忙，都没有正式的告别我的那些年。我已经快要忘记凤凰花开的路口，我弄丢了最珍贵的朋友，只是欣慰生命有一段时刻，我们一起度过……

长沙的夏天有点甜，夜晚灯火通明，熙熙攘攘的人群，有着十足的烟火气。我一手拽着冰激凌，一手拽着你。你说："高考结束了，总算不用每个星期跑那么久的路去接你放学了。"我的学校在城市的最北端，而你的学校在城市的最南端。我高三一年课业压力大，父母就在学校附近租房子方便我念书，周末才回家。每个星期五下午放学，你就会带着我最喜欢吃的零食坐车到我们学校来接我放学，再把我一起捎回家。忘了介绍，你是我的邻居。

从初中毕业开始，我的生活中就多了一个人存在。一个周末，我在复习功课，忽听门口传来"咚咚咚"紧凑的敲门声。我蹑手蹑脚地开了门，一个穿着球衣、满头大汗的少年正一脸求助地望着我："我是你邻居，刚搬来不久。我能跟你借一下洗手间吗？我出门打球忘记带钥匙，爸妈出去了。"我指了指方向，你以迅雷不及掩耳之势消失在我眼前。我就傻傻地站在门口，你一脸笑意地说："大恩不言谢！"然后就蹲在自己家门口等。

到后来，我经常能看见你蹲在家门口等。我也会笑你："又不带钥匙吧？"你就笑着："嘿嘿，没事儿！"久而久之，因为父母是同事，邻里之间也跟着熟络起来，你偶尔会来我家蹭饭，我也被邀请去你家帮你补习功课。

就这样，日子过了许久。你邀请我去看你的球赛，我带你去图书馆一起念书。每天放学总能见一面说上几句话，再后来我们就开始发现，我们对彼此变得越来越重要。我们谁都没有说什么，只是会偶尔看着对方静静地笑。

直到我高三快开学，我跟你说："我以后不能天天跟你见面了，高三了，我妈妈在学校附近陪读，周末才能回家。"你说："没关系，我每个星期五去接你放学吧。"我想也没想就点头答应了，于是每个周末我就跟父母说放学和同学一起复习，然后结伴回家。

高考结束了，我问你："你有想去的城市吗？"你说："上海。你呢？"我没有想过这个问题，也就笑了笑没有回答。盛夏夜我们各自对着漫天的繁星许了一个愿，我说希望你能如愿去上海。

填志愿的时候，我的第一志愿填了上海，第二志愿则选择了长沙，第三志愿空缺，我想要么陪你去看看世界，要么待在回忆里。结果是，你完成了我的心愿去了上海，我留在了长沙。

你走的时候我没有去送你，因为不知道要怎么说一句告别。

今年夏天你回来了，我们就像过去这四年的空白没有发生过一样。如果想念，人生就只如初见。

如果

人生总存在很多种假设,我们不卑不亢地在世界里循规蹈矩地前进。那么,我们来玩一个叫"如果"的游戏。

如果我是电灯泡,我希望太阳可以跟我做朋友。

如果我是太阳,我希望月亮是我老婆。

如果我是月亮,我希望星星可以每天陪伴我。

如果我是星星,我希望巫婆不要把我摘掉。

如果我是巫婆,我希望王子能够爱上我。

如果我是王子,我希望不要变成青蛙。

如果我是青蛙,我希望可以吃很多的害虫。

"7"是一个很有趣的数字,在很多时候它代表着一个周期、一次循环,比如一星期有七天,彩虹刚刚好七种颜色。所以,我们的"如果"游戏可以再来一次了。

如果我是电灯泡，我希望黑夜永远不要停歇。

如果我是黑夜，我希望黎明不要一看见我就掉头走。

如果我是黎明，我希望每天看见向日葵朝我微笑。

如果我是向日葵，我希望蜜蜂采蜜的时候轻一点。

如果我是蜜蜂，我希望蝴蝶可以和我做朋友。

如果我是蝴蝶，我希望能飞向彩虹。

如果我是彩虹，我希望能拥有第八种颜色——粉色。

生命就是以一个接着一个的循环在开展、演进，而这一切，都涵盖在你的"如果"之中。所以，不要去哀怨你不好的经历，即使你经历了生命中的混乱，最终仍然获得新的体悟，并非世界不美好，而是你想象力太少。

时过境已迁

我回来了，这个被海风和热浪围绕的小岛。

台湾，我视作第二故乡的地方。

有人问过我，如果要表达对台湾有多爱，要怎么算。我的回答是："我的数学不太好，如果非要算起来的话，就是十除以三除不尽。"

在这里生活过，才能感受到它的温文尔雅。宁静致远的人文调调，温润而泽的谈吐氛围，还有自然、简单、明亮的海岸线。久居内陆的人走到这里，会感谢上苍恩赐了这一大片会唱歌的海蓝。像是上帝亲笔彩绘的后花园，不论潮热还是凉爽，在这里的原始星空可以看见银河那头的光，北回归线上还有让你美到哭的公路。

在这里文化氛围的熏陶下，每周我都会去画室画油画，喜欢看着自己手中的画笔描绘色彩斑斓的世界，那一层层厚重的油彩，仿佛可以将人的心事盖了一层一层，看着徐徐吹来的风将我的画布吹得飒飒作响，看着自己平日关在话匣子里的心事都装进了画的故事里。我悄悄地告诉它，它会告诉另一个人的吧。就像一百个人来看我的画作，我希望有一个人能看懂我的心事，只要一个人就好。

我习惯性地走进熟悉的街道，曲径幽深的小巷，一个拐角。推门而入，可是迎接我的并不是那一张我认识的笑脸，原来优雅文艺的画室也被改成了售卖多肉植物的小店，我吃惊地问："请问这里之前是画室吗？"老板好客地回答我："是的，不过他们已经搬走了。""那他们搬去了哪里？"老板摇摇头，显然并不知情。我沮丧地谢过他，自己走了出去，坐在门口的石阶上发呆。原来那些你满怀期待要回去看的风景，满心欢喜要回去遇见的朋友，会在你离开的日子也离开你。谁都不会在原地一直等着你有空的时候去偶尔探望，可能因为生活的压力，可能因为各自的人生志向。

虽然有些失落，但我也抱着祝福的心态去感恩那些出现在我生命里让我快乐过的人和事。很高兴遇见，也不遗憾那些猝不及防的离开。毕竟，我可以再找一间画室继续画画，他们也不会因为少了我一个客人就面临着店铺倒闭。

很多情况下我们都要试着自己去走不安逸的行程，形形色色的人太多，我们不能去在意每一件小事，也许留恋，但也只能是一小会儿，毕竟这些在有尽头的人生里都是琐事。有时候翻翻手机相册里才过去一年的照片，却会感觉有厚厚的年代感，那些物是人非的景色里，总带着一些你回不去的东西，就像老故事里的泛黄桥段，无声嬉戏。

岁月无恙，却教我们染上了人类的脆弱。时间清净，却教会我们现实如何折腾,直到打磨出一层厚厚的心茧。偶尔在梦里,我们也会化作蒲公英的种子迎风飞舞,去到想去的地方,看一眼想见的人,也能感受到它微弱的淡淡的忧伤。

就像这座岛,每年我都来,乐此不疲。我看得见你浮华里的寂寞,你却不一定记得我的身影。

一条咸鱼的自我修养

那天朋友和我说了这样一句话:"决定安心地仰望差距,做一条没有梦想的咸鱼。"我问她:"你这么说,你想过咸鱼的感受吗?"

有人懂很多道理却依旧过不好这一生,熬了很多夜晚就是考不好每次试,为什么呢?人生如棋,举手无回。我们总是听到这样一句话:"人若没有梦想,和咸鱼有什么分别?"可是咸鱼的梦想,你何曾知道?难道没有听过一句话叫"咸鱼也能翻身"吗?也许有人会说:"咸鱼翻了身还是咸鱼啊!"可是你翻身了,你就可以去大海里翻身,而不是在锅里被翻。

阿里巴巴创始人马云先生曾说:"你穷是因为你没野心。"而那些以"咸鱼"自居的人,正是缺乏了这种斗志。这类人往往患有以下两种21世纪的"心理疾病"——拖延症、"懒癌"。就是明明有事做,但又不着急,于是不想做,但又很无聊。这些人的思想境界仅限于享受这个时代文明下和谐美好的平静生活,满足于柴米油盐,还有一个外号，叫作"屌丝"。我们不能说这样的想法是错误的，我们只能说，他们在最应该努力地年纪选择了安逸，也许哪天老了以后他们会有一丝丝后悔，我的青春为什么没有为自己热血沸腾一次。生活不止眼前的苟且，如果你没有对理想和追求的热忱，你就不会有不屈死亡的钢铁意志，就一直做着不想醒来的白日梦。

无人理睬时，坚定执着，这应该是一条咸鱼最伟大的品格了，前提是，你的方向是正确的，否则结果就是南辕北辙，越走越容易绝望。所以，作为一条咸鱼，要做一条有修养的咸鱼，应该学会正确理性地分析自己的未来方向，一个有信仰的人生，不管会不会成功，至少不会迷茫。

"屌丝"逆袭如今已经不是什么新鲜事了。有许多人曾经扎在人海里毫不起眼，除了可能长得矮以外，就是因为他们不特别；而在有了人生追求后，他们的逆袭之路总是让人觉得开了挂似的，一路惊喜。因为这类人往往十分接地气，吃得了苦，扛得住压力，既然拥有得不多，那也没什么好输的了，反正人生最坏的样子也就这样了，何不去试一试。事在人为，人与人之间竞争，只要你敢想，你就有可能成功。

我们已经看腻了小清新的故事，也想来点儿真实励志的。我们已经听腻了毫无作用的情歌，也要来点金属摇滚的。既然咸鱼不被人关注，那就为了翻身去努力拼搏。"别人笑我太疯癫，我笑别人看不穿"，这句话很适用于现在的戏剧性社会，因为这就是一个看结果的社会。

一条咸鱼也要有方向，我可能不是做得最好的，但我一定是在努力地论述一条咸鱼的自我修养。

早睡早起

我要开始早睡早起,不熬夜,不睡懒觉,不浪费时间。我要天天锻炼身体,好好长高减肥。我要加油长长头发,然后扎一个清爽的马尾。我要认真看书,把所有差劲的科目赶上来。我要多听古典音乐、多读古文提升气质。我要老老实实待在学校,不疯不吵,好好学习,考一个让爸妈满意的成绩。我要让自己看起来灿烂无比。

这是多少姑娘在自我安慰时给自己洗脑的话,说了那么多,好像连第一条都做不到——早睡、早起。

现代人基本都处在亚健康状态,一生就像蜡烛,一直在耗油,油尽灯枯,生命结束。现代人基本不注重养生,晚上九点,长辈们都进入休息状态时,年轻人大都觉得美好的夜晚才刚刚开始。有诸多种看似让自己无法拒绝的理由,我就是——看完这一集美剧吧,等了好久才更新,不看睡不着;好不容易意犹未尽地看完了美剧,又想起看一眼微博吧,看看有什么新的八卦新闻;看完微博看朋友圈,这么熬下去基本已经过了子时。到最后，我们都不是睡着的，而是被手机砸"晕"过去的。这是一个"宅女"的日常。

我曾经问过我的同学们为什么晚睡，他们给我的回答如下：期末考试到了、暗恋的人被抢走了、挂科了、人生好迷茫、没钱了、好无聊、长得丑……说法应有尽有，而最后问他们一个问题："你们热爱生命吗？"回答却出奇的一致："非常热爱！"

那么我们是否可以不再透支自己身体？也许你每天起床会觉得很疲劳，一闭眼就想睡觉，腰酸背痛，精神不好，缺乏食欲，一到晚上却又马上精神起来——恭喜你，你体内的器官已经阴阳失调。为什么许多女孩子经常休息不好、容易长痘？那就是你熬夜的代价，都写在脸上了。

我们经常能在各大新闻网站上看到许多过劳死的悲剧，就是长期熬夜所致。睡眠是身体进行自我调节的时刻，你侵略它的时间，它便侵略你的健康。身体也是最诚实的，你的生活习惯决定着身体给你什么样的反馈。如果真的热爱生命，认为活着真好，就不要再吝啬自己的睡眠时间，请保障自己的睡眠质量。人不是机器，况且机器使用过度久了也会故障，何况是人呢。

健康是一切生命运动与价值的基础，而睡眠是保证我们有能量、排毒素、保持身体正常代谢平衡的必要行为。"生时何必久睡，死后自可长眠"这种话，放在熬夜的人身上，只能让他们死得更快。真正爱一个人，不是陪他熬夜到伤肝，而是重视他的生命，同时也让自己有一颗强有力的心脏和陪他到底的过硬体质。

我们会用很多种方式去喜欢一个人，也会用很多种方式去完善我们的外在，可我们同时也在向自己透支时间。时间是公平的，先给予再收回，所以该睡觉的时候就要睡觉，只有这样，你意识清醒的时间才会越来越长。

别说那么多大道理，别讲那么多好听的话，真的想要好好爱自己，先从早睡早起开始，做不到，就别再谈所谓理想，都是胡扯。

长得好看

"士为知己者死,女为悦己者容。"古人说话还是非常含蓄的,放在现在就是,我不喜欢你的话,我见你我都不用洗头。可现在的姑娘大多爱漂亮,各种时尚手账中记录着许许多多的化妆技能,恨不得让自己可爱到爆炸。

在这个"颜值"经济的时代下,有许多的"外貌协会",以"正太"为追求目标,以"鲜肉"为人生伴侣。越漂亮的人,内心往往更加自恋。常会听到"我被自己美翻了"或者"每天都被自己帅醒"这种匪夷所思的言论。其实客观看待"颜值"高低,不对自己过分迷恋,才有益于身心健康。

"自恋"和"自恋狂"一词都来自于希腊神话。有这样一则因为美丽而犯错的故事。

纳西瑟斯是一名俊秀的美少年,非常受女性的喜爱,但他因为太过高傲,抛弃了一个接一个的女性。复仇女神娜米西斯听到那些被他因一句"很无趣"而抛弃的少女怨恨的话语,决定惩罚他一生只能爱自己。有一天，纳西瑟斯偶然看到映照在湖面上自己的影子，并深深地爱上了影子中的美少年，而当他想要亲吻拥抱湖面上的少年时，掉进湖中丧了性命，变成了盛开在湖边的水仙花。

很多人因为自恋而自私，不会爱不懂爱，甚至玩弄爱。爱是需要被尊重的，因为这是一种相互的情感交流。长得好看的人要有一颗感恩的心，感谢这与生俱来的姣好面容，因为天生的拥有，就更要学会付出。中国有一句古话叫"相由心生"。你所有关于善良的修行，最后都会在你的脸上呈现出来。

有爱的、甜甜的、聪明的女孩子怎么会有的人不喜欢呢？她们就像是神的礼物，如同清晨的朝露、鹿角上的微曦、蝴蝶嗅过的花朵，她们眼睛里有着星辰大海。一切关于美好的词句都是送给长得好看又活得精彩的人。"时间是把杀猪刀"这句话好像也只适用于长得好看的人，时间拿丑的人真是一点办法也没有，因为丑的类型有很多种，丑得各有千秋，丑得让人捉摸不透。

我想还有一种女孩，是无论外表怎么好看，你都会认为她奇丑无比，她们身上的特质叫"虚荣"。被虚荣传染了的人，就像得了绝症一样，有去无回。一颗很纯净的心被熏染了欲望的颜色，一个很干净的灵魂被贴上了各种标签。当你的情感可以用来交易时，你已经与魔鬼同行。这样的人，骨子里透出来的都是有铜臭味的气息。

现如今最吃香的不是长得好看的，而是明明可以靠长相吃饭却偏要倚靠才华的人。这一类人被称之为"实力兼偶像派"。真正有才华的人是不会被埋没的，他们身上有光，这就是我对"好看"的定义。

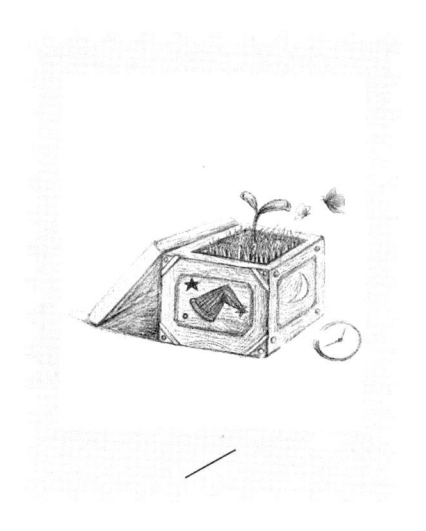

如果不是你 我不会确定

Wei，我爱你

想念一个人有多难受，就像夏天得了伤风感冒。明明很热的天却觉得冷。一个人在深夜里翻来覆去睡不着，盯着手机发呆，对着屏幕上一张熟悉的脸，傻傻地看着，倔强地笑着，辛酸地盼着，也许坚守信念就是这样。等到你回来拥抱我的那天，我的全世界都好了。

我有好多话，想要你聆听，与你分享。可是异地恋的人就是这样，自我安慰、自我承担，最后说不出口的话都藏在心里说给自己听了。我们之间的距离，直径一万公里。每次讲起我们这奋不顾身的故事，连自己都感动了。

这个世上最能见证感情的地点，不是游乐场，不是摩天轮，而是飞机场。每一次我们来来回回的奔忙，只是为了翻山越岭后见到彼此的那一张笑脸。每一次的分别我们都说好转身就走、不再回头，于是无数的不舍就顺着相反的方向各自吞忍。

舍不得争吵，舍不得你一个人成长，想要给你我所有的好。这种想念是刚挂了电话就想听你的声音，刚关了视频就在脑子里想一千次你的样子。我们都努力克服重重困难，两个人无数个日夜同一个信念，有你有我在一起才叫爱情。

距离，教会我们一个道理，越是在漫长等待后到来的东西，越能让我们珍惜到灵魂里。我们用平生不曾有过的坚持在奔跑，想要跑过时间、跑过距离。人生最值得骄傲的事，不是被很多人追，而是有一个不管怎样都不会放弃你的人，围绕着全世界爱你。就像太平洋的海风吹过来，你都能听见思念的声音。那些说过的话、做过的事哪怕再小都会记得，都会做到。

想在那些平淡无趣又没事可做的日子里和你吃一顿晚饭，在那些鲜花盛开、微风正好的日子和你一起散步。在阳光明媚的日子里坐在你的对面，就那样静静地看着你，然后叫两声你的名字，也很美好。

欠你的宠爱太多。在每一个我不能陪伴你的日子里，完美有多美，大概就是你笑起来的样子，错过你的每一个笑容都是我的遗憾。庆幸我们从不猜疑，从不埋怨。你一直都在我左胸第四根肋骨往里一寸的地方，我能想到最浪漫的事就是我不断追逐的人生梦想里，都是与你有关。

岁月让你我山南水北，可我们想要握紧的双手，比任何人都要热烈和纯粹。我们也是幸运的，最好的爱情就是遇见一个让你死心塌地的人。在不久的以后，同一个姓氏，还会有一个小小的自己。

爱是礼物

人生不会打上蝴蝶结,但它仍是礼物。二十岁,不说看过繁花落尽却也过了耳听爱情的年纪。这个阶段,感情于我们来说就像碳酸饮料开盖后沸腾的气泡,努力挣扎寻求刺激却在一瞬间归于平淡。

在异乡的朋友们常问:"你最近过得可好?"我都是一如既往的三个字:"还不错。"有人说成熟不是心变老,可我拥有了老人一般豁达的心境,愿我的世界每天阳光温柔,这就是我的"还不错"。最近在研读《圣经》的思想,和修女们聊天时她们告诉我:"如果你不放弃等待,上帝总会升起一轮红月照亮你。"这话就像在说,只要我在这无情纷杂的世界坚持做一个好人,就会有生生不息的希望和不期而遇的温暖。嗯,那么庆幸,我是个大好人。

和老友聚会,总会被问到感情状态,为了掩饰尴尬每次都是端起水杯下意识先喝口水,然后假装大方地笑笑:"并不在计划之内。"然而,这个回答我已经用了两年。看着朋友身边人来人往,偶尔羡慕,偶尔也庆幸我的自由。我不麻烦，不爱纠结，要么宁缺毋滥，要么海枯石烂。有人笑我不真实，有人夸我不将就。直到有一天朋友给我传了一条短信："你不愿意种花，你说不愿意看见它一点点凋落。是的！为了避免结束，你避免了一切开始。"

许多长辈也会在茶余饭后关心地问我："你喜欢什么样的男孩？"每次我都礼貌微笑却不回答，因为……根本没有答案。因为没有出现，所以我说不出标准。长辈们似乎都不太理解我的反应，为了找台阶下，他们都会笑我还没长大。

某一天的早晨，我去问正在梳妆准备出门的姐姐。我说："你喜欢什么样的男孩？"她不假思索地告诉我："我喜欢坏坏的男生。"那么，你真的喜欢一个坏男孩吗。你只是期待生活中有一味称作"淘气"的调味剂。若你遇见的人正好具备这种特质，你就会像个矿工不断地去探索，他只是令你体内多巴胺保持清醒的一种兴奋剂。

我喜欢读马尔克斯的《霍乱时期的爱情》，一遍又一遍。小说的跨度长达半个多世纪，有着浓重的油画一般的背景，还有贯穿了五十三年七个月零十一天的爱情。最难忘那句：我对死亡感到唯一的痛苦，是没能为爱而死。

那么来比较一下那些传奇的爱情故事，在真爱之下的梁思成比阿里萨幸运多了，因为林徽因曾对他说："你给了我生命之中不能承受之重，我将用我一生的行动来回答。"可她却忘了墙外还有痴守一生的金岳霖。

我是一个蜗居的姑娘，"宅"得像猫，空闲时看看书偶尔逛逛网站。有一天爸爸忽然走到我身后关心起我的网络生活，然后打趣地告诉我："你不能上传爱，你没办法下载时间，你也搜索不到所有关于生活的答案。有一部分生活，你只能真实地过。"

从那天起，我开始寻找窗外的阳光，开始试着用加法去爱，去减法去恨，用乘法去感恩。直到有一天我遇到一个人，笑起来就像早晨的暖阳。我开始明白了，并感谢遇见，就算可能会分离，但踏实一些不要着急，你想要的岁月都会给你。

有的人是命中注定的礼物，幸福或许会晚到，但它一定不会缺席。

暗恋这件小事

荷西问三毛:"你想嫁一个什么样的人?"

三毛说:"看的顺眼的,千万富翁也嫁;看不顺眼的,亿万富翁也嫁。"

荷西说:"说来说去还是想嫁个有钱的。"

三毛看了荷西一眼:"也有例外。"

"那你要是嫁给我呢?"荷西问道。

三毛叹了口气:"要是你的话,只要够吃饭的钱就够了。"

"那你吃得多吗?"

"不多不多,以后还可以少吃。"

三毛与荷西的这段对白,告诫了许多互相喜欢却没有在一起的人一个道理:爱情是就算你一言、我一语的聊天,也会在一起。

爱是忠诚,是一种美,是一种善意的表达,源自心灵的认可。爱也是人类的本能,有的人天生会付出,有的人生来要索取。暗恋就好像所爱的人在南北两极,而自己则永远在赤道上徘徊。骄傲的人会发现自己是不是有哪里不够好，自卑的人会开始期待自己的某一个小优点被注意到。就算生活一地鸡毛也会因为有了他而欢歌前进，这大概就是喜欢一个人同时也更喜欢自己的原因。

以朋友的身份爱着一个人，做朋友不甘，做恋人不敢，只是小心翼翼地陪伴着，心想：你难过的时候记得告诉我，这样你的难过就只有一半了；你高兴的时候不必告诉我，跟你喜欢的人一起分享就好。暗恋或许是这个世界上最纯真最美好的感觉了，从未拥有过，但哪天失去了就是全世界。

暗恋是每一个人都会经历的事，也是最靠近爱情的事。你的日记会成为他的成长日志，你的生活背景里全部是他的样子，而你只是他的甲乙丙丁。你能感觉到他身上的WiFi却不知道密码，那些关于"傻"、关于"他"的事都与你有关。

长大以后，看到那么多人参加婚礼的时候打趣起哄的哭，那么多糊涂蛋的感情本末倒置，那么多人追忆时光都会聊起曾经纯白的情窦初开的过往，你就明白"暗恋最美好的是没有说出口"这种话是用来骗人的。你不说出口，永远就像一个小偷，永远只是去窥探对方的生活和喜怒哀乐，而不能变成他的一部分；或者明知对方也可能喜欢你，而不开口在一起，就像明知道会死去，还要继续好好活着。

也许你曾是个不完美的小孩想要努力完成谁的期待，也许你曾花很长的时间给谁写了一封信却始终没有寄出去。可是亲爱的姑娘，暗恋是一件小事，你不用始终坚持着刻意遇见谁，也不要急于拥有谁，更不必勉强留住谁，一切顺其自然，最后拥抱你的人，是你值得把最好的自己留到最后的人。

在暗恋一个人很久之后，我们会开始思考，给自己一些时间，开始原谅自己做过的很多傻事，开始接受自己。最后爱上自己，因为暗恋过后，你会发现原本的自己因为一种情愫而变得更加可爱了。过去的终将会过去，该来的或许一直在路上。

你还好吗

人在承受不公平命运的对待时，也要学会维护自己的尊严和价值。人生，没有一帆风顺的航行，更不是每一天都风和日丽。当下，人的形式主义太过明显。只要受到盛情款待和他人的尊重，任何人的行为方式都可以是慢条斯理的。问题在于没有受到这种对待的时候，自己不被视为重视对象时，往往才反映出真实的丑恶面。

有的人希望自己随时都比别人有优越感，一旦有了落差就会极度不满。这种随时想要追求第一的心理，看似励志，其实内里隐藏着一种低下的傲慢。同理，一个时刻以谦虚自居的人，看似低调，其实他有着隐性的自我保护意识。当过度谦虚变成了卑怯，就与气质和涵养毫不相干。所以，人一定要有同理心，在不同环境下，注意分寸的拿捏，做到张弛有度。

经典的作品，我们总是喜欢来来回回的看很多遍，同一句话要读很多次才能领悟更深的含义。就如海子的那句"从明天起，做一个幸福的人"。前两次读这句话的时候，会觉得很温暖，很有能量。可当我读到第三次的时候，我读到了重点"从明天起"，这句话意味着什么呢？从明天起，也许我将获得幸福。反衬出，现在的我、今日的我、当下的我，是非常低迷的、糟糕的，所以我希望获得新生。而"明天"在这里作为一个时间的概念，它永远都不会到来，因为"明天"存在于我们生活里的每一天。今天有明天，明天有它的明天，除非你的生命到今天就画上了句点，否则你的明天永远都是"未来式"。

期盼未来的人很多，活在当下的人较少。和自己做过幸福约定的人很多，言出必行的人较少。我们都以为"来日方长"，未来的日子还很多，想做什么都有机会，有什么坏习惯臭毛病都可以慢慢纠正。殊不知，人生其实是减法。按照一百年来计算，你每天都在进行生命倒计时，有的人见一面少一面，有的风景看一次就会成为回忆。

人很重要的一种元素就是"协调感"，有的人适合清雅的环境，有的人适合喧闹的环境，有的人喜欢画画，有的人擅长跳舞。一个清秀斯文安静的人出现在热闹的酒吧里，就会格格不入。一个浓妆艳抹穿着超短裙的人出现在茶道馆，大家一定会认为她是酒精迷乱还不清醒走错了去处。

我是一个小事也会认真对待的人，比如扫地，比如浇花。耐着性子做好每一件小事，人就会变得包容。我们从认识世界、思考世界再到改变世界，都是一点一滴累积起来的。学会做一个任何时候都精益求精但不苛刻的人，我们要接受自己犯的错误，也要鼓励自己追求完美。

我经常对自己说"你还好吗，好久不见"，因为很久以后，我将是一个更优雅的自己。请学会彬彬有礼的对待自己和生活，这样你更会好的。

你好，爱人

如果世上最美好的遇见都是久别重逢，那么每一次，你离开我的天空，我都期许下一次的见面。有时候希望时间快一点，因为我很想你；有时候希望时间慢一点，因为你在我身边的日子总是少之又少。

我们用生命最美好的年纪来等待、守护那一个在大洋彼岸的爱人。

我们竭尽全力，去成全另一个人的梦想。我们没有放手，风里雨里一直停留在原地。因为我知道，有一天你会回来。就像离别的候鸟，等待着下一次的归途。从泪眼别离到重新相聚，我们就像从来没有分开过。

有一天，你问我，你最喜欢的城市是哪儿。我笑着说，你在哪就是哪儿。因为这世上所有的风景，在我眼里都变成关于你的陪衬。走遍了千山万水，却发现最美的风景，就是从你眼中看到的我自己。

我没有刻意地去想念你，去聆听关于你的声音，去寻觅与你相似的身影，去追忆你身上的味道。可我总能在很多个小瞬间想起你。比如，一部电影、一首歌、一颗糖，熟悉的街道和无数个闭上眼的瞬间。

十岁那一年，抓住一只蝉，以为能抓住夏天。二十的那年，握住你的手，以为能拥有世界。许多人，围绕着地球谈着一场恋爱。我们听不见太平洋的潮水，我们只能透过话语无力地感知对方的生活。我们体会触不到的温度，拼命地给予安全感。拼到最后，已经忘记这万里迢迢的距离。从此以后，只要你在，我就心安。

在不久的将来，我们不用再掐着手指，算着时差嘘寒问暖。很久以后，我们会知道，为彼此忍受孤单的无数个日夜，成就了我们的一生。

而在现在，你要知道在这个世界上总有一个人是等着你的，不管在什么时候，在哪个角落，叫什么名字，过什么样的生活。我要你知道：我怕黑，偶尔无理取闹，有数不尽的缺点，但我要告诉你，拥有你是我的骄傲。

我们掐着手指数时差，对着手机说着一遍遍的小情话。我们还对这个世界抱有满满的期待。我们一直相信，一辈子只会刻骨铭心的爱一个人。最经得起平凡的，就是每一天，我们相爱。

许多人喜欢把想念憋在心里，看着坚强，其实内心多半已经受伤。最柔软最动听的话，往往都在寂寞的等待中留给自己。不论出于什么原因，从不对爱人诉说衷肠的人，最后只剩一个人。为什么？因为你们少了一种默契。

不去催促、不去责备，偶尔矫情、偶尔胡闹。我知道不管多远，只要说出晚安，就等于在说明天我还继续爱你，而说早安就是在说我依然爱你。

这就是，你在或者不在，我都心欢或是心安。浮生如此，如果思念有毒，解药必然是你。

我们在期待的只是那句"你好，好久不见"。

念念不忘，回响不重要

昨夜做了一个梦，梦到了那个快被我遗忘的人。那不是熟悉的温度，不是原来的掌心。我重新认识了他一次，在一个差点失之交臂的仲夏夜。也许你觉得不可能，我的上半夜和下半夜被一杯温开水隔开，睡回去居然又接着梦上半夜的故事。梦里我们还是我们，醒来却发现身边早已空无一人，记忆替我留你在脑海里，我却留不住你在漫漫的日子里。

今早醒来，确定自己再也无法睡去的时候，我打开手机，编了一条短信：你最近还好吗？输入没有保存却早已烂熟于心的号码，不给自己三思的机会直接摁下发送。我常在想，那些很久没有出现的人，总有一个是特别的。那些朋友里，总有一个是你遗憾最后只是朋友的人。

我们每一次说"我爱你"的时候，或许都是真心的，可是这辈子遇到的人实在太多。后来，你因为某些原因离开了那个人，爱淡了，梦远了。再后来，你又对另外一个人说了"我爱你"。最后，我们不确定"我爱你"是发自肺腑的真言，还是谈恋爱时哄骗对方的口头禅。于是你身边走过了好多人，好多人跟你表白，他们占据了你的视线、生活和大脑。最后你将记不得最认真的那一句是说给谁听的，在什么时候。久而久之，你开始习惯性遗忘，而你那颗跳动的心脏和不爱停歇的大脑会提醒你，原来，你一直认为最特别的人，就是他。

一个人的日子久了，会认为自己生性凉薄、孤独成性。两个人的时候则认为自己是个暖炉，舒服恒温的那种，什么时候都有火焰，却不烫人。有时候，错过是一念之间，重来也在顷刻之间。

很多人缺少一种勇气去面对过去的爱人，仿佛他看穿了你所有的不好，因为不好的你在他眼中无所遁形，所以会躲得远远的，越远越好。即使很久以后，你发现自己依旧念念不忘，可你宁愿没有回响，或者说，你害怕重新拾起一份感情，你笃定既然分开，就一定有它的不合适。

可是你忘记了，你们都在成长。现在的你已经懂事了不少，我们在长大的同时也在学会思考和自我修饰。很久不见的人，一定不会再是你最后一次见他时的样子；而爱了很久还未曾忘记的人，一定是你最喜欢的样子。

若在以前，我会守在手机旁边，数着分秒的流逝，期待着喜欢的人回复的短信。而现在，我会去做自己的事，因为我知道，我不必等，他也会回。听说，如果梦见一个人，就说明他也在想你。我就这么骗自己一次，人生已经如此的艰难，不拆穿自己也是一种美德。

情话

我不相信命运，我只相信你，复杂世界里，你一个就够了。

我们打个赌，如果我每天对你说一句情话，第七十天，你会爱上我。

因为小情话最动听。如若不爱，那么就当你沉醉后做的一场梦。

第一天：你是外星人吗？没有关系，我是小太阳，不管你从哪里来，我都能让你暖暖的。麻烦你先从那冻死人的南极跳下来，我会接着你，保证稳稳接住，不让你摔着。我们就好好聊聊天，关于我们，从我和你开始。

第二天：你得在我身边看这个世界，这样世界才美好。为什么？因为你让我美好了起来。

第三天：晚安！怎么不理我，对不起我忘了你在南半球我在北半球。怎么办呢，那梦里我们换过来，我去南半球，你来北半球，这样我们就可以走彼此走过得路，看对方遇见的风景。

第四天：夏天和秋天最是惹人相思的季节，因为我在过秋天，你在过夏天。

第五天：好像很近，瞬间又远离，对不起，并非我若即若离，因为我从来没想过世界上还有一个如此美好的你，像做梦一样。你是我不愿醒来的美梦。

第六天：我在练书法，今天只练三个字，给你瞧瞧，是不是很熟悉，对，就是你的名字。

第七天：早，今天你早餐吃的什么？我要跟你吃一样的，谁让你比我的生活快五个小时呢，我要连嘴里的味道都跟你一样。

第八天：我不是一个修行者，我不愿牵众生之手，我只想做一个小气鬼，霸道到谁碰你一下我都觉得是抢。

第九天：我不记得我哪年哪月哪日跟你说第一句话了怎么办，那这样吧，以后的每年每月每日我们都至少说一句话。

第十天：以前我常在想，心动是什么感觉。现在我知道了，大概就是我盯着你照片傻笑的感觉。

第十一天：今天有人问我喜欢什么样的男孩子，我把你的照片给他看，说："看清楚。长这样的！"

第十二天：我今天走路撞到树了，我明明记得你跟我说过走路不要分心的，我真的没有分心啊，都在你身上。

第十三天：相思无话，半生奈何。

第十四天：挂在嘴边的往往不是自己喜欢的，所以我从来不提你。并非不喜欢，而是生怕你从我嘴里溜了出去。

第十五天：我并非善良，我只是舍不得你在这个残酷的世界一个人成长。

第十六天：如果哪天我冲你发脾气，请你记得一定要原谅我，因为我已经自责三百遍，却一遍也不愿意低头，你都说了我是公主，那就请你做一次王子吧。

第十七天：我觉得你的审美真棒，因为你现在看着的人是我。

第十八天：远方的星是否听得见，请替我陪你度过每一个静谧的夜晚。

第十九天：曾给自己画地为牢，但是风却告诉我，你在很远的地方。那么，去去也无妨。

第二十天：这个世界，真心为你笑的人很少，真心包容你一切的人很少。那么，商量一下，我当前者，你当后者。

第二十一天：有人说，青春就是在不断地学习接受。但是在接受之前，总会不甘心的闹腾一场。我闹得够大吗？如果不够，那么我们继续。

第二十二天：我是个对谁都和善的人，对特别的人会例外，所以偶尔会欺负你。但你放心，只是偶尔。

第二十三天：每座城市因为有了特别的人，才有了不平凡的意义，可是我却对它又爱又恨。我在这里心动，它却让我和你隔了三分之一个世界。

第二十四天：你说你会不会偶尔也想想我，那就说出来吧，想念无声，容易憋出内伤。

第二十五天：我说喜欢吃蛋糕，你说很好做。我问你会吗，你说可以学。那下一个生日可以陪我过吗，蛋糕你承包。

第二十六天：你说我很可爱。可爱是什么意思？可以试着去爱？

第二十七天：丁玲说"幸福是暴风雨中的搏斗"，我说"幸福是未来你在我身边的日子里每天被我揍"。

第二十八天：别说细水长流了，排山倒海都陪你去看。

第二十九天：其实我真的挺自恋，所以我要找一个比我还要爱我的人，我看你挺合适的。

第三十天：我曾经也喜欢莽莽撞撞的浪费光阴，认识你以后才开始渴望长命百岁。

第三十一天：如果你是一座茫茫大海中的孤岛，我就是海盗，占岛为王。

第三十二天：我会弹琴唱歌，会写词谱曲，你要是跟了我，保证你老了以后每天也能过得乐滋滋的。

第三十三天：我和世界只差一个你。

第三十四天：我不能保证每天都在你身边陪着你，但我保证，让你有我的日子里总是快乐的。

第三十五天：我是个特立独行的人，不喜欢跟别人一样。但你不是别人，所以我愿与你统一步调走向美好的未来。

第三十六天：我就是大家口中常说的那种"别人家的女朋友"，你是不是可以做一回那个"别人"。

第三十七天：我喜欢粉红色，因为我有一颗少女心。听说你也喜欢，那就让给你好了，反正你的就是我的。

第三十八天：我觉得我长得挺好看的，照片拍得也挺美，挺适合用来当手机壁纸。嗯，如果你愿意的话。

第三十九天：听到有人说"下辈子我一定长成你喜欢的样子，然后不喜欢你"的话，觉得好蠢。有没有下辈子我不知道，我这辈子就长这样，可爱善良又好看，你喜不喜欢？

第四十天：我不是很瘦，我也不想减肥。因为我要瘦瘦的走进你心里，你的心很小，我要努力吃胖，然后把它塞得满满的。

第四十一天：你能偶尔跟我撒个娇吗，要是不能的话，我跟你撒娇也行。

第四十二天：忘了告诉你，我这个人特别爱过节。儿童节、圣诞节、中秋节、春节、还差一个情人节没有人陪我过，你有空吗？

第四十三天：我写过童话，给了孩子们一个天堂。但是我要亲手为你打造一个童话王国，让你每天都过得既心动又真实。

第四十四天：虽然我经常觉得这个世界很差劲，但是我一定尽我所能，为你做特别的事。当然，偶尔也来点恶作剧，我不介意你吓得往我怀里扑。前提是你得找对方向，别错了。

第四十五天：我不想当你生命的过客，我要是你记忆里的常客。

第四十六天：我是个懂得迁就的人吗，我脾气那么臭，但你是我唯一心甘情愿让出七分的人，剩下三分……嗯，给我留点面子。

第四十七天：我想我们都过了耳听爱情的年纪，那么来点实际的吧。

第四十八天：我不是个贪心的人，可是认识你以后觉得很美好，很想要拥有。

第四十九天：我有一个梦想，需要有你才能完成。君子成人之美，你是不是可以跟我一起完成。但是，我打算到适婚年龄再告诉你。

第五十天：我喜欢吃棒棒糖，跟你给我的感觉一样，甜甜的。

第五十一天：如果你可以主动跟我分享一个秘密的话，作为交换，我会在未来的某天跳一支舞给你看。

第五十二天：我喜欢旋转木马，小时候有个愿望，长大了能跟喜欢的人一起在半夜去游乐场坐旋转木马，世界上最浪漫的事留给你。

第五十三天：不管我可以陪你有多久，我想我们都不会后悔。在最好的年纪，遇见这么好的人。

第五十四天：你知道我见过最美的星空在哪里吗，在云南大理，那个你去过，我也去过的地方。可不可以做个约定，一起去大理看星星，有没有听过那句歌词：听说爱情就在洱海边。

第五十五天：我写过很多故事，很多很多，数不清了。如果可以，我也想写我们的故事，从现在开始，直到我们也为人父母，让我们的孩子看看我们的曾经。

第五十六天：匆匆那年，就是现在。年华似锦，就是现在。趁我还年轻，趁你还在。

第五十七天：你说你有点重，那你知道"你很重要"是什么意思吗？就是，就算你很重，我也要。

第五十八天：我们都是感恩的好孩子，所以我特别感谢月老牵了根红线。

第五十九天：将心比心，所有的幸福都没有捷径，只有经营。我们只隔着一颗心的距离，如果你能打开心门，那么从此我们两个人一颗心。

第六十天：我是个特别深刻且有智慧和眼光的人，否则怎么会看上你。

第六十一天：也曾对生活失望伤心，但我总相信乌云终会散去。果然，阳光来临看见天边的你。我还是有点孩子气，否则也不会有这颗赤子的心，写这么长的信给你，一股傻劲的人，也是值得被疼爱的。如此倔强执迷，你可不可以不要逃离。

第六十二天：世界无情，只要记得我在这里陪你。

第六十三天：我们一起走下去，一起笑着看沿途风景，你是我眼中最美的风景，画不出来，只在脑海里。

第六十四天：我的眼睛笑起来会弯成月牙，很有神，你可以从中看到更好的自己。

第六十五天：你是上帝给我最重要的鼓励。

第六十六天：终于来到这里，是不是觉得也有点不容易。这一段跨越960万平方公里还不止的想念。

第六十七天：我在台北替你寻找青春梦，你有没有想过我们也创造自己的青春梦。待我长发及腰，我也为你写一首我们的歌，歌词一定很优美，曲调一定很好听。

第六十八天：你一定不知道我这个聪明的小脑袋瓜里，想了多少种让你感动到哭的主意，人都说一物降一物，你是现在举白旗投降呢，还是等我来收你，你才举白旗呢？

第六十九天：我从来不弹琴给谁听，也从来不这样"谈情"给谁听。你两样全占。

第七十天：Are you ready？

谁在爱情面前说了谎

有时候爱上一个人会觉得很孤单,想逃避、想放弃,在时间过了许久以后已然忘记了爱的初衷,再过许久,便会告诉自己失恋真的是件小事。

有多少快乐,事后就有多少淡薄,曾经说过的"永远"或许只是想要诸多的陪伴。你们无数次的争吵,心悸过后忘记了什么是迁就、包容,爱到最后,变成了疏远。刚开始恋爱的时候,再大的事都会淡然处之,感情冷却之后,再小的事都会无限放大。爱错了就分手,别太傻,爱情只是跟你开了个玩笑。

女人与男人的爱情观不一样,女人一旦爱上男人,再过分的事,女人都会因为爱情而选择原谅;而男人却反之,女人一旦做了有负于他的事情,他便耿耿于怀,反复无常。女人天生会爱别人,男人天生会爱自己。

谁在爱情面前说了谎,让我们在人生的分岔路口迷失了自己;谁在爱情面前说了谎,让你在夜深人静的时候,一个人伴着回忆流眼泪;谁在爱情面前说了谎,让你觉得自己满腹创伤纯真不再;谁在爱情面前说了谎,你好像不是我当初爱上的那一个;谁在爱情面前说了谎,因为你以为的爱,从来就不叫"爱情"。

说你也一样爱着我

《金粉世家》里清秋对燕西说:"不一样的人是不能在一起的,就像我家的葡萄藤永远长不出百合花。"于是燕西就将清秋家的葡萄藤挂满了百合花,告诉她不一样的人也可以一起。所以曾经我以为,星星距离我们的眼睛大约2000多亿光年,相邻两座城市大约相距200公里,而你和我之间只间隔了那些年而已。

在我还很年轻的时候,看了一部关于青春的电影。他们说:"屏幕那头的人,在演故事。故事都是演给观众看的。现实里的人,不会像故事里那样完美。"殊不知,我看得那样沉醉,在意的不是故事情节多么生动,而是我真的被镜头里微笑的人迷住了,像吃了迷药一般。这种心动,绝对与人物设定的主角光环无关,与我足够天真的年纪无关。他的瞳孔在屏幕上放大、再放大,我好像在他的眸子里看到了那一刻渺小的自己。而那一天起,我的青春,却因这个不存在的故事里的这个人,改写了那么久,那么长。我是我,也是每个我。

小小的我们都容易在长大的过程中走一段迷途，却不愿知返。就像我听一首情歌，听了十年。我以为当初耳机里回荡着声音的大男孩还一如当年的那一抹阳光，而岁月却在他的脸上留下了皱纹和胡楂。若是换作别人，我可能会评价说："老了。"而对于自己曾经爱慕的偶像，却会这样小声地叹道："原来你也长大了，谢谢你来过我的青春，虽然你离不离开都没有什么差别。"

我不知道你有没有跟我相似的经历，将印着谁的贴画偷偷藏在日记本里；在每一次要毕业写同学录的时候，偶像那一栏始终都写了一个名字；有新的CD，是关于他的歌，就会第一个去听；有关于他的新闻就会想要关注，默默地欣赏了一个不曾谋面的人好多年。后来，你长大了，听到他的歌你依然会嘴角荡起微笑。然后，你牵着谁的手去听他的演唱会，说："他就是我的初恋，单相思。"

我喜欢"我喜欢你时"的样子，那是纯净简单的快乐。你只要听我说话，不需要作答。我静静地看着床头海报上的你，每天道一声晚安。这样的日子比复杂纠结的感情让人来得快乐，因为在真实感情深渊里，"复杂"最后的避难所，就是"简单"吧。

人生何其短，有时候只需要问自己一句敢不敢。我不敢去追那个男孩，因为他离我仿佛隔了一个时代那么远。人到了一定岁数，尤其是女人，就不想再去聊自己做过的那些"自己说不出口，别人又欣赏不了"的事。

我悄悄地枕在自己的臂弯里，拿出我那一只古董式MP3，戴着耳机听着熟悉的旋律。人哪，不管到什么年纪，还是会直面自己的内心，收藏自己孩子气的那点可爱。我闭上眼，恍如隔世。

在很久以前，有一个男孩，将一只MP3悄悄塞进我的校服口袋，里面循环播放的，就是这首歌。

他只是不爱你

谈恋爱需要的除了互相欣赏、信任之外，还需要一些勇气，被人称为"放弃"。因为有的人很容易情根深种不能自已，而对方对你却只有刚好而已。你不知道，爱一个人，他披荆斩棘也要和你在一起；不爱一个人，他迟早会离你而去。爱情从来不因感动而善终，就像岁月不会因为你是柔弱的女子，而无条件善待你。

有人在感情里只求问心无愧，他说："我又没有背着你和别人在一起。"只是他每天醒来不会第一个想到你，睡前不会因为身边躺着的人是你，而觉得望着天花板发呆都很美妙。他在你面前平静地像一潭死水，他对你说："我的性格就是这样。"而你却在他没有察觉的角落发现他那张久违的笑脸。生活不是演戏，不是摆几个姿势、说几句台词就可以，那些你发现的不快乐，就是真的不快乐。谁都不要敷衍自己，更不要麻痹内心。

都说，一个坏脾气的女孩子找了一个好脾气的男朋友，就是很幸福。其实，最好的故事应该是一个坏脾气的男生，为了一个女生改掉了他的坏脾气。同理，只要他还活着，心脏还会跳动，那么他的血液就一定是热的，只是他把他独有的那一点热量藏了起来，不要期盼他会施舍给你一点温度。如果有心，冰冻三尺也要和你惺惺相惜。

一个女生在恋爱的时候容易依赖心过重，对男友低三下四甚至俯首称臣，然而，如果不把握好尺度与底线，就容易将对方惯出一身的坏毛病。很多细微的小事，都会让你变得不可理喻。到最后，你会对你们的感情进行一次又一次惨绝人寰的心理摧残甚至语言折磨。结果就是，男友以"受不了"为由提出分手，扬长而去；而你站在原地傻呆呆地想，我明明只是爱你而已。傻姑娘，他如果真的爱你，就会将你惯得像个小公主，而不是像现在，他既有面子又有里子，分开了还让你觉得是你错得不浅。

不要为了考验自己的爱人去设置一些很无聊的考验题目，因为感情深浅与考题无关。不要去寻求存在感，连存在感都没有就学会趁早退出，你自己都感受不到的东西，找谁都没用。不要把自己的情绪搞得乱七八糟，你就只有一个自己，值得好好疼爱。

有的人性情淳厚，有的人孤芳自赏，有的人一往情深，有的人游戏人间。但不管他是什么样的性子，都会在真爱面前变得有点慌张，有点脆弱。

当你抱着你爱的人的时候，他若爱你，他会抱你更紧。

我们都没资格认为自己是特别幸运的人，只有带有瑕疵的人生，才能查漏补缺，让我们更圆满。但我们也不要做一个倒霉的笨蛋，明明遇到不那么爱你的人,还一股脑儿想要往里栽。也许你没有爱你的人想得那么好,但你也没有不爱你的人想得那么糟糕。

遇见爱你的人才会认为三生有幸,在这样的故事里你才能表达最舒畅的自己。否则,他只是不爱你。

我猜你也喜欢我

甜甜遇到一个男孩,他说:"我保证从今以后有我的每一天,都让你的生活带着甜味,像你的名字一样。"于是,他不在身边的时候就会给她一大盒棒棒糖。他说:"我保证在糖吃完之前出现。"也许有的人会很努力去吃,或许这样就可以尽早见到心爱之人了,可偏偏她是个慢性子,每天一颗,不紧不慢的。因为她知道,他会来,所以不去感慨时光的蹉跎,就在他立下的约定里,去完成该做的事,就是,吃糖。

有人说,遇见喜欢的人,他就像你的氧气,离开就会连呼吸都痛。有人说,喜欢的人刚好也喜欢你,就像空气里充斥着棉花糖的芳香,不言不语也都是欣赏。她不知道那种感觉是否叫喜欢,只记得,每一次看见他就好像插上了一双翅膀。

他们的故事开头也许俗不可耐,可他们都是有故事的男同学和女同学。

19岁那年的夏天,王小甜通过家长介绍认识了一个同年纪的男孩。交友方式很简单：社交软件加好友。最初只是寒暄，礼貌性地互相问好，然后各自沉默，唯一的交流方式就是"朋友圈"点赞。一开始她只是把他当普通朋友，久而久之发现，她的每一条状态，他都没有错过。作为一个文艺女青年，日常的消遣就是画画，一坐就是一下午，安安静静画着。她喜欢这种静下心去，摒弃浮躁的感觉。出人意料的是，每一次王小甜晒出的画作，都被男孩认真地赞赏一番。他就像另一个她，画出来的心声，他都懂。这样完美的默契，让王小甜对这个男孩渐渐产生好奇。

甜甜开始和他分享一些日常琐碎的事情，他也热情细心地陪着她每天唠嗑。也许是从小性格孤僻，从不与人说话，不关心身边的人和事，从来没有人这么认真仔细地听王小甜说过那么多话。她很感谢他的倾听，因为她不善与人交流，活在自己的世界里太久太久。

她也试着跟他一起讨论自己的作业，一起抱怨学校的食堂，一起模仿上课的教授，一起去听音乐会，一起做了很多很多事情。直到有一天，无意间聊起"初恋"，男孩很坦诚地告诉甜甜："我的初恋，都在暗恋。"甜甜也很好奇地认真听："说说看呗！""初一的时候，我喜欢一个同班的女孩，暗恋了三年，可始终没有跟她说过一句话，我把她的名字悄悄刻在课桌上。上体育课，老师说跑步最后一名要罚打扫卫生。因为她跑得慢，我怕老师罚她，我就故意跑在最后一个。于是我那三年每个学期末都在教室做大扫除。"甜甜扑哧一声笑了出来："还有这么傻的。"心里竟然开始羡慕起来。男孩说："你笑起来跟她一样好看。""那你现在还喜欢她吗？""喜欢！我的整个青春都用来喜欢她了。"甜甜心想,一个男孩喜欢了一个女孩一个青春,这是多么美好的幸运。"那她喜欢你吗?"男孩儿怔住了,盯着甜甜的眸子看了许久,看着满怀期待的她,他说:"我猜你也喜欢我。"

记忆深处的那一段时光,像潮水一般从王小甜的大脑中涌现……

喜欢的人要自己挑

有一天,我鼓着腮帮子盯着自己的手机屏幕发呆,我那幼儿园的小侄子过来拍拍我的肩膀说:"小阿姨,你看着这个哥哥的时候,你眼睛里好像闪烁着小星星哎!"绯红了脸的我赶紧装出一副大人的架势说:"你那么小,不准乱说话。"小侄子双手插着口袋,一副"我是金城武"的模样:"我说的是实话啊,连小孩子都知道喜欢就是喜欢,为什么不承认?"我摸摸他的小脑袋,果然还是孩子的世界简单纯粹。

"那你告诉小阿姨,什么是喜欢一个人?"

"喜欢一个人的感觉就是坐我前面的妮妮给我一颗糖我就很开心。"

"那不喜欢一个人的感觉呢?"

"那个整天对我死缠烂打的娜娜给我一大盒巧克力我都很烦恼。"

这个乳臭未干的小孩子竟然给了我这么惊讶的答案,他奶声奶气地说着,我倒像小孩子被长辈教育一般。孩子的世界很纯粹,用最简单的方式表达感情,直接,不妥协,不被任何诱惑吸引,也不因哪种困惑犹豫。有的时候，如果我们孩子气一点，大概我们的感情经历也不会那般波折了。

我们总是会遇到一种情况，就是，你喜欢的人可能没有那么喜欢你，而刚刚好，这个时候，你身边出现了一个很喜欢你、对你很好的人。这期间，也许因为你在心仪的对象那里找不到自信，于是开始失落。而这个喜欢你的人，你的缺点在他眼里都变成了优点，你就会有所动容，认为如果有一个人因为你的一点好，就原谅你所有的不好，就好好珍惜吧，因为大多数人，也许会因为你的一点不好就忘记你所有的好，或者根本不在意你究竟好不好。当你开始有这种想法的时候，就是你的感性开始被理智"洗脑"的时候。你只是单纯地想要将自己保护起来，然后得到温暖和肯定。

爱情这东西最怕三思而后行，人类虽然是高级动物，但是对于"喜欢"这件事，和所有动物都是一样的。你若是喜欢一个人，你看见他的时候，你的直觉就是想要跟他很亲密，想去亲亲他，或者抱抱他；而你不喜欢一个人的时候，无论你嘴巴里再怎么念叨着"我喜欢你"，你的肢体语言总会透露你的嫌弃和躲避。爱情是一件不能将就的事，如果你跟一个你很喜欢的人在一起，那你每天吃饭睡觉这些日常的行为都是带着对生活的热忱；如果你跟一个不那么喜欢的人在一起，一开始会因为各种客观因素去包容适应，可总有一天你会按捺不住心中的困苦，然后两败俱伤。你身边睡着一个让你不舒服的人，心理作用扩大到身体反应，你会整夜、整夜地睡不着觉，最后你的精神状态和生理机能都进入失衡状态。所以人们常常有这样的说法："喜欢的人是可以住进自己心里的，

心里高兴不高兴只有自己知道。"如果心里觉得不舒服,那一定是装了不该装的人或事,那你的人生就开始荒诞了。

  我们是最了解自己的人,所以要学会倾听自己,就像我说的,我虽然怕天黑和鬼怪,但我更怕你心酸皱眉。要做自己的主人,也要认真对待喜欢的人。

喜欢一个人

没有心上人是一件很痛苦的事吧,对生活一点念想都没有,连取悦自己的兴致都没有。很幸运,后来我遇见了一个很有魅力的男人。再后来,就没有后来了。

你出现了以后,结束了我对生活没什么念想的状态,因为你成了我的念想。只是,我有些害怕这种念想遥遥无期。

如果精神上没有寄托,就容易对物质有些依赖。深秋的街道上,上完课的我,冻得直哆嗦,一个人在路边打车。这个时刻我的内心是崩溃的,因为太冷了,我只身一人,连温暖自己都做不到。我需要一台车,我下了决心去考驾照,我不要在深冬的时候依旧一个人站在路边,就像这天气一般的凄冷。我能想到让自己好过一些的方式是与你无关的,因为我不敢幻想和你有关的场景,我怕想着、想着就不愿清醒了。喜欢上一个让自己变得更坚强的人,也是一件不错的事。

有很多人都说:"我自己都不了解我自己。"是的,在心上人没有出现之前,我以为的自己是这样的、那样的;可是见到你之后,我才发现,真实的我原来还挺可爱的。在真正喜欢的人面前,不懂得说谎却会有点心慌,胡言乱语可以说一大段儿,总结出来就是"我想跟你说话,不停地说"。总想着怎么开口跟你约下一次的约会,因为我想见你,每天都想看见你。曾经嘴巴里念叨了无数次不相信爱情,而现在心里想的就是求爱神射我一箭,让我红鸾星高照。

嗯,喜欢上一个人。

我喜欢安静,所以我不爱争吵,生气的时候最多不说话,这样斯斯文文的性子是可以用温柔对抗坚硬的吧。所以我喜欢上一个人,我就不跟你吵架。因为一个人嘴巴如果说出了狠毒的话,那他的心里也一定是很苦的吧。我想要甜一点的生活,我就盯着你,一直看,看得你害羞,看到你脸红。好像,喜欢人的方式有很多种。你可以对所有的人都视若无睹,只对他一个人笑脸相迎;你可以对所有的人都彬彬有礼,只对他一个人不冷不热。总而言之,就是对待这个特定的人,和对待其他人的方式会不一样。不管是哪一种,都是为了引起对方的注意,喜欢是从好奇心开始的。同样,我好奇自己喜欢上一个人会是什么样子,我更加好奇你喜欢上我的样子。

冬天来了,冬天是适合恋爱的季节吗?好像是,又好像不是。如果你想和我一起堆雪人,那就是;如果你想和别人一起在平安夜看星星,那就不是。可我也从未想过为了喜欢你要变成其他人的样子,因为,别人都有人做了,我做我自己就好了。我喜欢的,也是那个你自己。

我想过一个暖冬,可是天气预报说今年冬天会格外的冷,格外的漫长。我不能左右季节的更替,更加不能掌控这个冬天的长短,那就想法子让这个隆冬里的我暖和一点吧。有人说:"你裹个大棉袄就好了呗。"我摇摇头,我想跟你一起裹着大棉袄走在路上,传递着手心的温度。所以,在秋冬喜欢上一个人的话,告白要趁早。冬天那么冷,寒流那么强,一个人怎么抵抗。

余生很长,你很难忘

一直认为,一辈子只爱一个人,是一件特牛的事儿,这牛皮可以吹一辈子,所以我羡慕嫉妒在我之前出现在你身边的每一个人。一直认为,最幸福的事就是有一个无论如何都不会放弃你的人一直在你身边,所以对于你我的天涯陌路我一直耿耿于怀。

我花了很长的时间想要忘记你,可喜欢你这件事就像风走了八百里不问归期,结果至今我还在混沌里没有生出新的希望。后来我开始麻痹自己,可我管不住自己的手,还是去点开你的博客,努力寻找着丝丝关于我的痕迹。我猜你也会难过,但我无法感同身受。我心碎了一地,不再奢望从任何人身上找救赎,一开始我以为你就是我的救世主,到最后我才知道自己的灵魂自己承担。

把相思煮成了细雨,滴落在烟云之外的秋夜里。我一个人守着微凉的夜,不敢合上双眼去做旧梦。我以为岁月深情会一直守护,每一次回头都能看见暖似骄阳的你,可青葱韶华,却没有一路欢喜。我不记得在哪里弄丢了你，我害怕去回想这些，就像我害怕去记起你。但我的日子里却满眼和你有关的旧景，我好想窃喜地跟它们打招呼，可自欺欺人的事做多了会更加狼狈。没有你的日子我过得一点也不好，像一盘散沙，没有形状，没有生命的凝聚力。

都说走出感情伤痛是一个很漫长的过程，长到就算你每天号啕大哭都不知道什么时候是个尽头。你会厌烦自己不争气的状态，但你更不想逼迫自己接受曲终人散的事实。感情这东西真是说不清楚，失恋的时候就像死了一回。你需要经历一段由时间主宰的治疗，然后重新做人，由于每个人的自愈能力不同，所需要的时长也长短不一。

人生最怕的事就是"勉强"，这个不友好的词语出现在哪里都不太受欢迎。就像失恋之后勉强自己吃饭，勉强自己振作，都会让事情适得其反，倒不如顺其自然来得畅快。你一定只会莫名其妙地哭，没办法虚情假意地笑，别勉强自己，以泪洗面是人之常情，借酒消愁也可以理解。不要用任何理由来绑架自己，不要将自己狭隘地规范起来，就像我不能逼自己不去想你，从放下你到放过自己也无法强求，这个秋天如果做不到，我还可以熬一个冬天，但我知道，总有一天，我会好的。

有一些事，是我们做不到的，例如什么都能赢，人生精准，毫无差错；再如什么都可以输，人生荒诞而毫无克制。我们只能选择一个折中，不悲不喜地面对，不偏不倚地前进。在感情里，我们辩不出输赢对错，道不明是非所以。有人说爱情也像面包，冰箱只能让它慢点腐坏，可一旦有了变质的兆头，却是无法挽救的。所以，跟坚持不坚持无关,和熬不熬得过去无关,只要有一方的感觉变了质,就算你想坚挺也总有一天会崩溃。

也许我要用很多种办法给自己疗伤,可能一次一次的都是徒劳。可我信誓旦旦地告诉自己,余生那么长,总有一天我会把你遗忘。

愿你被爱情温柔对待

现在的女孩都独立,不想因为迁就谁而过分委屈自己,不允许自己弯着腰低姿态地存在,好像这样会显得自己不重要。我们都是好女孩,可是这个世界待我们的方式越来越苛刻。我们努力地将自己变得越来越强,我们也渐渐离内心那个柔软天真的自己越来越远,慢慢地我们开始用自己的坚硬来保护自己。后来我们在爱情里也习惯性的势均力敌,然后开始羡慕那些在爱人面前像个孩子的"迷妹"。

我总觉得,最好听的话一定要讲给最喜欢的人听。可是看着自己喜欢的人,有时候话到嘴边又咽了回去,因为潜意识告诉你:如果你太黏人,对方可能会觉得你不聪明。于是我开始学会装酷,我"高冷"一点,你像块儿牛皮糖黏着我,我才有面子。我咬着牙不说,你误以为我真的不食人间烟火,其实我只是把自己武装起来,来掩饰我的缺乏安全感。

有句话说"被你喜欢过,很难觉得别人有那么喜欢我"。

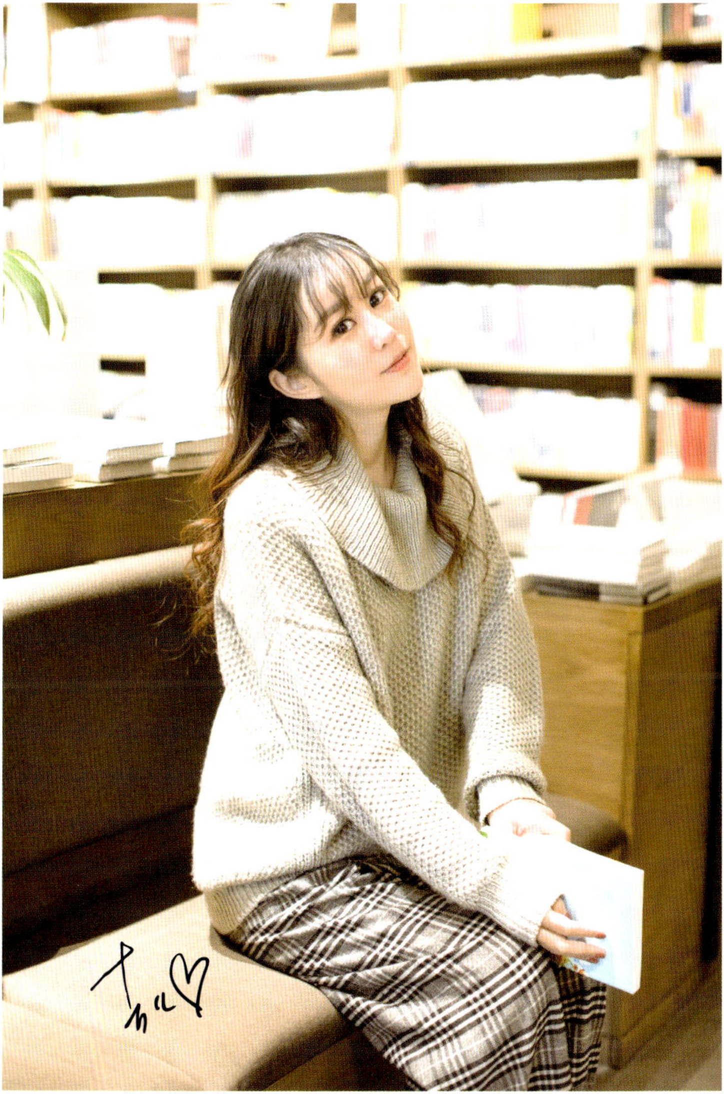

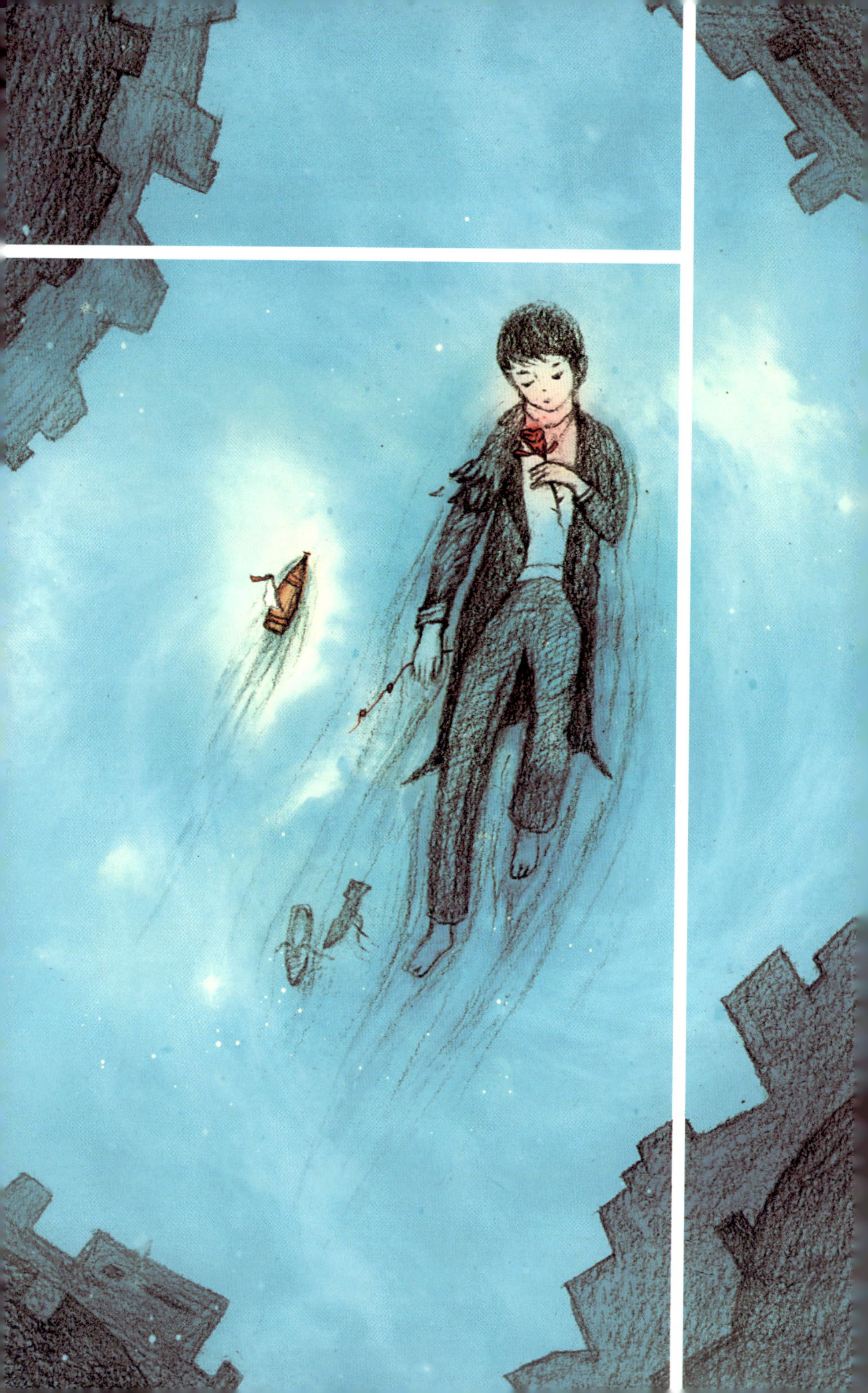

还有一句话说"喜欢过你，很难再那么喜欢别人"。

每次生气吵架，我都害怕下一秒我就再也找不到你，可是我依旧一副"我愿你好，即使后来你我全然无关"的样子。争吵时说了决绝的话，自己也不知道如何收场，后悔药没有卖，我不知道从哪里开始说对不起。对我来说，除了你以外的人都叫"别人"，我很抱歉，时常对别人比对你要好；只会因为你才有的情绪波动，想被你亲自安抚。

一个人很烦很揪心的时候，你可能会问我："发生了什么事？"我的回答一定都说："没事。"其实一筹莫展的时候，我希望你能想尽办法逗我开心。你看过我的野蛮与惊慌，还有骄傲和迷茫，我需要的不过是来自你的一些简单的甜蜜，如此就能解决我心里所有复杂的琐事，因为我毫无理由地相信，在你的疼爱中我才能开怀地大笑。

闺密之间聊天的时候，我们总说："希望最后可以嫁给爱情，穿最美的婚纱，嫁给最爱的人。"我知道，只要你不离开，我就一定能实现这个美好的愿望。我和童话故事间，只差了一

个你。别人都说我坚强得可怕，可是我的世界里有一个盲区，很善良很柔软很感性，空气里飘浮的都是跟你有关的记忆。我从不曾提起，你也不曾问我，我以为这就是两个人的默契，我还以为把这么动听的祈祷说出来，就会把秘密泄露出去，这是我和上帝说的悄悄话，神圣不可窥探，连你也不可以听。

我知道，一定有许多和我性格相似的女孩，从不谙世事到独立坚韧，对待感情有些慢热，不善表达。我想说，感谢你从不自怨自艾，鼓着劲儿让自己成为更好的人。虽然努力的意义就是，你的幸福从来不叫人操心，但是那一个努力爱你的人，比你更加勤奋，你的优秀不需要任何人来证明，可你的幸福却真真实实地需要另一个人来包揽。

越是勇敢的人，就越值得小心翼翼地呵护。你对世界回报以歌，也希望爱情将你温柔以待。

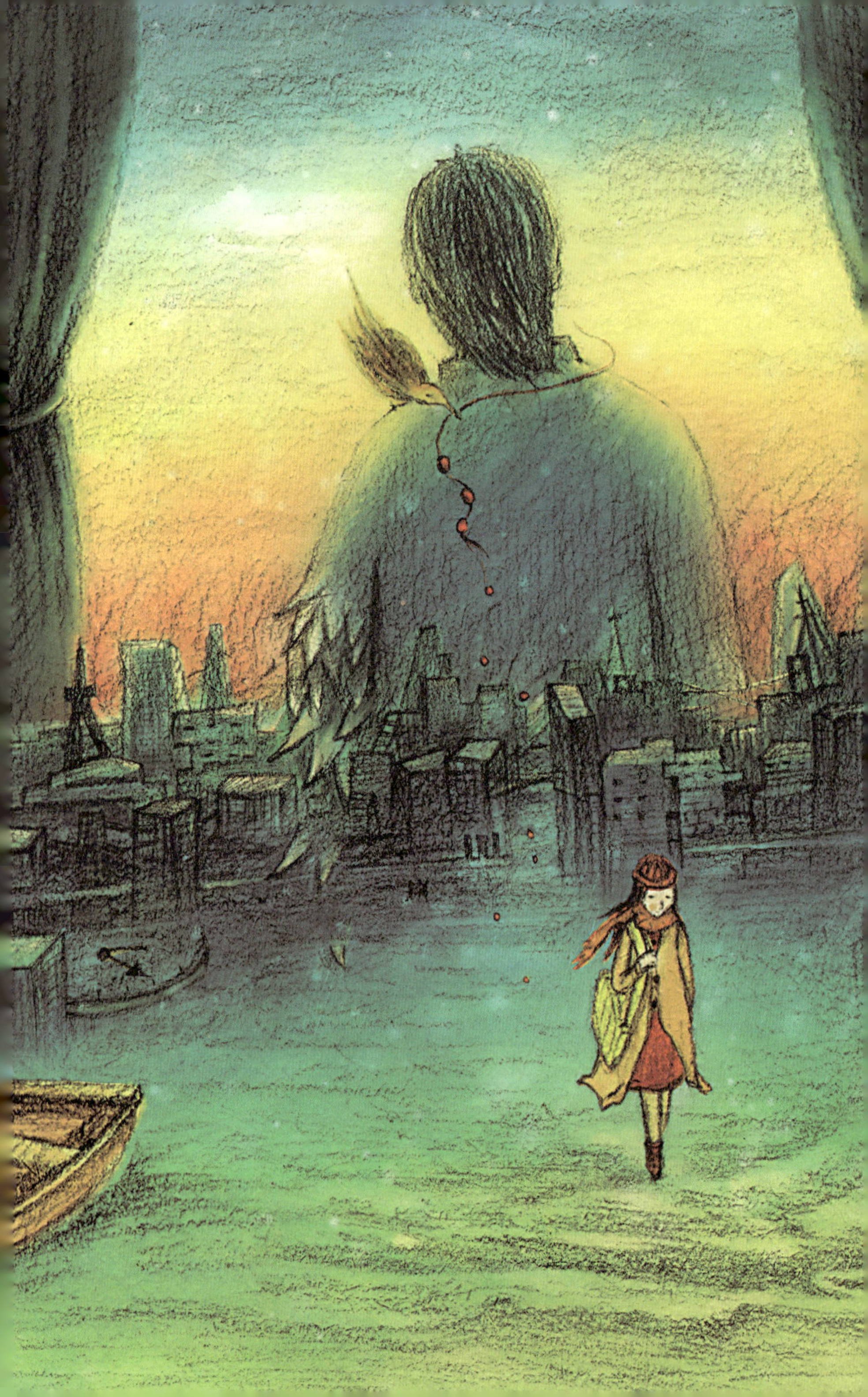

我们都一样 年轻且坚强

当你孤单你会想起谁

一个人在台北流浪,坐在辅大校园的长椅上,戴着耳机刷博客,我并不是在等谁,而是打发我无聊的课余时间,顺便想想晚上去哪儿探索新的未知世界。

你可能会问,你的伙伴呢?我们宿舍四个女生,那个新疆姑娘说去参加通宵"派对",另外两个东北姑娘估计只是抱着"来台游玩"的心理,可能都没有选课,每天不见踪影。只有我,朝九晚五地听课,作息规律地吃饭睡觉。

每周的星期五,是我最心爱的、不容浪费的美好时光。

浏览了无数网页,有选择困难症的我已经无计可施,于是拦了一辆计程车。当司机问:"你好,请问你去哪里?"我无奈地回答:"师傅,你看着办,随便,我想散散心。"司机倒也热情:"好的!我载你去!"一点儿也不担心自己会被骗,因为台北最美的风景是人,真诚友好,朴实善良。

华灯初上的台北给人一种寂寥感，落日余晖晃着眼睛，感觉金灿灿的。狭窄的马路、老旧的公寓、林立的招牌以及路边街道墙上斑斑驳驳的岁月痕迹，令人感觉愈发强烈。

司机将车停在一个巷口，指了指路边的一家小酒吧："这就是你要去的地方，好好享受哦！"我将信将疑地下了车，看了看周遭的环境，小巷灯光昏黄、停满电车。我感觉无非就是破旧巷弄里的一家寂寥小店，并不热闹，也没有多少装潢，像我一样的寂寥。

女巫店以白色调为主，简单直接的招牌，洞口一样小的正门，同时并排走俩人就很吃力了。不知是否为了应景，店员的着装都是清一色的浅色系。我挑了一个角落的位置坐下，可以在这热闹里享受偏僻的安静。这里确实是"文青"来的地儿，三两成群，背着吉他带着乐谱，也有台大的学生课余兼职来当乐手。这里的天花板上有女巫的扫帚，每张椅子上都挂着颜色鲜艳的文胸。兴许是看出我有些害羞，店员主动跟我搭话："这是我们店的特色！你以后常来就习惯了！"我尴尬地笑笑："来杯饮料。"

五分钟后，我喝到了一杯"月经奶茶"。不用质疑，这是它的名字，远近闻名。想来，这儿的老板也是营销的一把好手。

随着音乐响起，不知名的乐队翻唱着耳熟能详的歌曲，那模样有点自恋有些骄傲，却让人不由得羡慕。慢慢地，我也开始跟着哼起来。后来才知道，这家藏在街头巷陌夜色中的小店，唱红了杨乃文、苏打绿，还有张悬，她的《宝贝》我听了三年。关于这首歌，那段故事很长。始于心动却难于终老。从那以后再也学不会热闹。

随着音乐一首首地更换，我也会思考，时间从我们生命里走过，一路都有不同的背景音乐。而这似曾相识的场景，有一天也会成为盛放季节里的青涩感伤。花开花谢的粉色梦想，会成为哪年哪月，陈旧美好的时光故事。

夜色渐深，我走出了女巫店。湿漉漉的柏油路面折射着霓虹灯的光影，如逝去的浪漫，前一分钟的沉醉。你有没有经历过，一个人驻足在似曾相识的街头，听见风中传来断续的歌声，那些尘封于心底刻意遗忘的往事，突然间涌上心头。那一刻你才知道，原来一点都没有忘记。

原来，热闹只是用来伪装。

那么，当你孤单时你会想起谁。

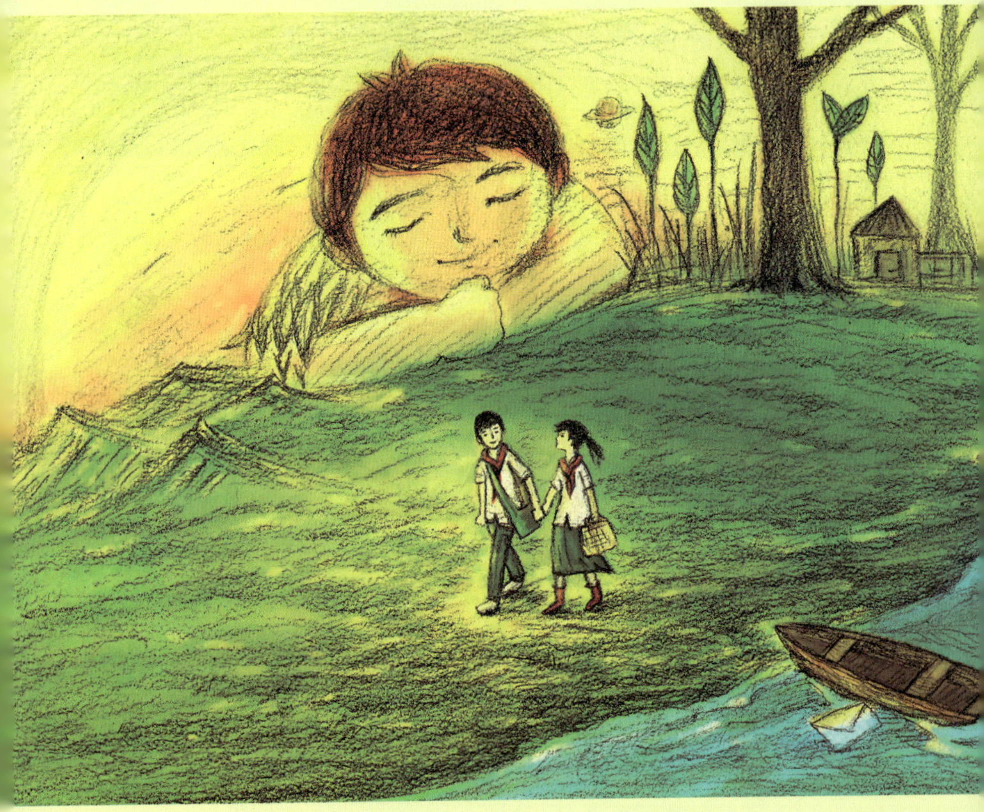

公主病要治

在这个精神文明繁荣昌盛的时代,有一种非器质性疾病,为一些女性独有。这种病的症状是患者认为自己是人生赢家,希望全世界围着自己转,各种玛丽苏附身。我们称这种病为"公主病"。

许多女生在恋爱中,常常因为过度幻想美好的爱情,患上这种精神依赖症。认为对方拿出时间陪你,拿出心情哄你,被你招之即来、挥之即去都是应该的。有的女生会理直气壮地讲:"不要以为女孩子就该永远进退有度,知书达理,忍让体贴。其实不过是因为没有找到那个足够放任你、捧你在手心里的王子罢了。"

理智的姑娘对此,往往会冷笑几声。真正的公主,是不会有公主病的。有公主病的通常都不是公主,只是有病而已。傲娇任性耍脾气,尖酸刻薄摆臭脸,无理取闹神经质,蛮横霸道小心眼,究竟是怎么跟"公主"挂上钩的呢,这些只能说明该"公主"很没教养。

一次,我和闺密相约喝下午茶,遇到了这样的一个姑娘。原本安静优雅的环境里，突然出现了不和谐的声音。一个看着斯文、衣着时尚的姑娘，向服务生破口大骂。其实是一件很小的事情，服务生输错了菜单。问题原本可以轻易解决，那个姑娘却因"面子"，非要让所有人都知道这个服务生无意间犯了错误。那个姑娘和服务生年纪相仿，为何要用伤害别人的方式来寻求存在感和优越感呢？

个子不高的服务生被骂得涨红了脸，一直低着头道歉。那个看上去很有气质的姑娘，却没有因为她的举止影响了我们的下午茶氛围，而向备受困扰的我们说一声抱歉。这种为人处世自我感觉良好的人，永远认为自己对而别人错，对于自己犯的错置之不理，对于别人犯的错却立刻跳脚，蹬鼻子上脸，也挺污染生活的。

大家都觉得服务生挺委屈的，纷纷劝她得饶人处且饶人。她居然回答："可怜之人必有可恨之处。"于是，我们不再搭理这个逢人就摆高姿态的小姐，因为我们知道，这种人是良言难进的。

这种人，平时从来不联系，逢年过节不见影，有事相求想起你，对你还要发命令。这些人在集体中什么事都要插嘴，却做不出任何实际贡献，认为自己长得好看就能战胜一切，不管对人对事口无遮拦，从不懂得尊重别人，却又渴望被人尊重，甚至还自我感觉良好，认为自己是不虚伪不做作的"真性情"。千万不要把她当尊贵的公主殿下，应该像看见强盗一样避而远之。

都说"人生如戏，全凭演技"。如果你遇到了这种优越感爆棚的人，可以悄悄地告诉她："这位公主，你看起来病得不轻啊！"

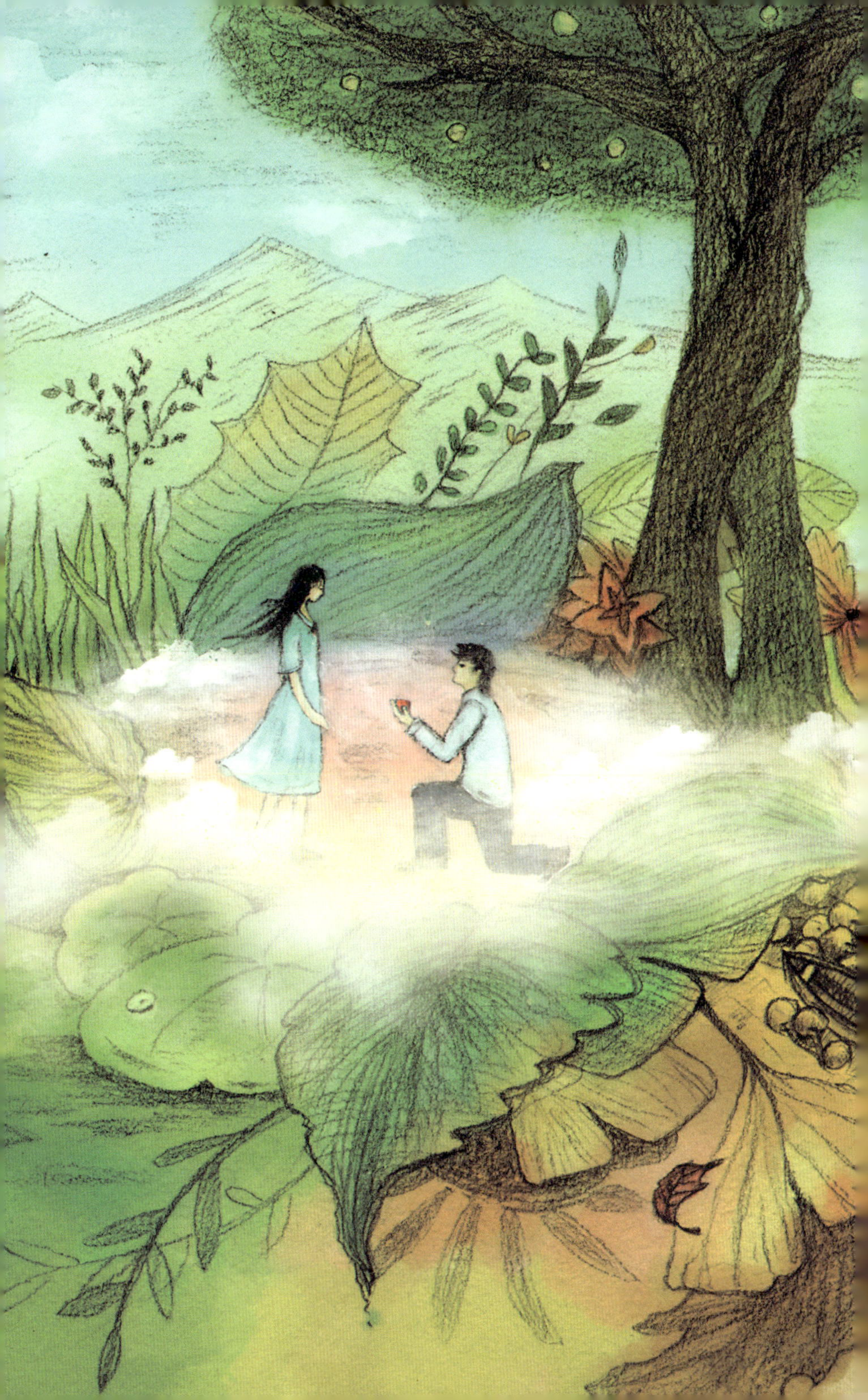

论朋友

许多年后汤姆已经年迈，它已经不能再捕捉老鼠，主人不再喜欢它，家里新来的猫咪总是欺负它。当新猫咪再一次将汤姆的食物扔出门外时，汤姆拖着行动不便的腿走了好久才将那块沾满灰尘的奶酪捡回来。他长舒一口气，在猫咪的嘲笑声中，小心翼翼地将奶酪放在墙角那个结满了蜘蛛网的老鼠洞口。

似乎在很久以后，我们才开始怀念那个年少时陪你嬉戏打闹，甚至大打出手的朋友。许多事情，从质疑到相信，往往只是一分钟的事，就像汤姆怀念杰瑞一样。相遇是一种美丽，相识是一种欢心，相知是一种幸福，每一个人都需要这样一个朋友，当以为自己再也笑不出来的时候，他能让你开怀大笑。

对于我的朋友们，我关心的是他们开不开心，正在做的事情有没有成就感，至于睡没睡觉，喝没喝热水，找没找对象，美了丑了瘦了胖了，一律无所谓。爱怎么折腾就怎么折腾，因为我只想看到你们一本正经地喜欢自己的人生。

朋友不就是这样吗，最好的状态是从遇见自己、喜欢自己开始。

许多人困惑于一个问题，应该珍惜很久不联系的老朋友，还是每天嘘寒问暖讲心事的新朋友。旧时光是灿烂的，它却头也不回地走了，留给你的只是遗憾。新时光是迷离的，它很谦卑地走向你，任你把玩它带给你的舒心。和朋友相处，只要舒服就好，爱情也一样。

物欲横流的社会，脾气会泄露我们的修养，沉默容易道出我们的品味，不要把自己看得太强，以致无视外因的成就；不要把自己看得太轻，以致成为别人的踏板。总会有人迷失方向，否则真理的路上将人满为患。所以，不是跟谁讲道理都说得通的。三观大相径庭的人还是趁早远离，否则你会认真地以为全世界都在跟你开玩笑，而你却成了代表前卫思想的苏格拉底。

世界上唯一不用努力就能得到的只有年龄，那是一道道皱纹，一丝丝白发，一点点老去，以及大把的可悲。友谊也是需要花大把的时间和心思去经营的，所以为什么我们身边的挚友往往就那么一两个，因为要从头到尾地了解一个人是一件很累的事，现代人都很懒。俞伯牙为死去的钟子期不再抚琴的知己之情，也只是书本里才有的典范。

我们要学会做一个待上以敬、待下以宽的人。因为每一个人都有一个死角，自己走不出来，别人也闯不进去，所以他人看不懂你，也不要责怪。对朋友多几分真诚，少几分套路。不懂时别乱说，懂得时别多说，心乱时慢慢说，没话时就别说。

学着做一个坚强的人，坦然面对，随心欢喜，懂得忘记，学会雪藏,扔掉悲伤和孤寂,沐浴晴朗,因为这样的人,往往是可爱到谁见了都想上去"撩"一下。朋友,难道不是吗?

秋日的小私语

秋天，除了秋高气爽之外，还有一个特点是"秋燥"，就是人特别容易上火。

早上醒来，我觉得自己的鼻腔内像有炉火在烧，下意识地捏了捏鼻子。后果就是，鼻血倾泻而出。一点儿都不带心疼的那种，足足有半个小时。硬是灌了一碗止血的中药才慢慢止住。于是我整天晕晕乎乎的，一副失血过多的模样。

都说人在脆弱的时候，比较喜欢思考一些关于真善美的东西。我躺在床上，一边祈祷赶快止血，一边数这些年我做的好事儿，给自己一些心理安慰，像我这么善良的人，老天一定舍不得让我英年早逝。可是当我的意识清醒后，我想到小的时候流鼻血两三分钟就止住了，现在却要这么久，说明我的免疫力在下降，身体素质在变差。年轻人果然不要欠债，你的身体会一五一十地将你的生活陋习展现出来。

流了那么多的血，身边也没有个人来照看，想想真是心酸，感觉身体被掏空。于是，我只能一个人无力地躺在床上看博客和论坛。

最近关于"挚友蜕变挚爱"的话题,被大家纷纷议论。很多人说,最熟悉的人一定不会在一起,因为少了爱情的冲动。也有人说,再也不相信男女之间存在纯洁的友谊。还有人大呼,再也不用担心自己成为大龄女青年了,实在不行就找相识多年的好友凑合。于是乎,广大的人民群众纷纷表示,要趁年轻多去认识些朋友。

有时候,爱情来得很快,就像龙卷风。可是生活在我们可亲可爱的地球上,刮龙卷风的频率毕竟很少,让你遇上的概率就更小。那些"最适合的人就在你身边"的故事,不是人人都适用的。女孩追求的终究是一段稳定的亲密关系,年纪越大,对于亲密关系的渴望就越强烈。虽说现在晚婚不是稀奇事,但是在你最好的年纪,该嫁就嫁,不要迟疑。因为那些能结成伴侣的都只为一个原因,它叫"爱情"。它出现得很突然,但它真的来了,就要牢牢地攥在手里。那些大龄的女孩子为什么总是突然就宣布要结婚,就是因为她们深知错过所施予的时间教训。爱情不能将就、不能犹豫。"剩者为王"不可以成为你逃避感情的托词。同理,在那一个心动的人到来之前,宁可孤单,用最舒服的方式任性欢喜,好好生活。

有人风华正茂,有人意境阑珊。好时光里,我

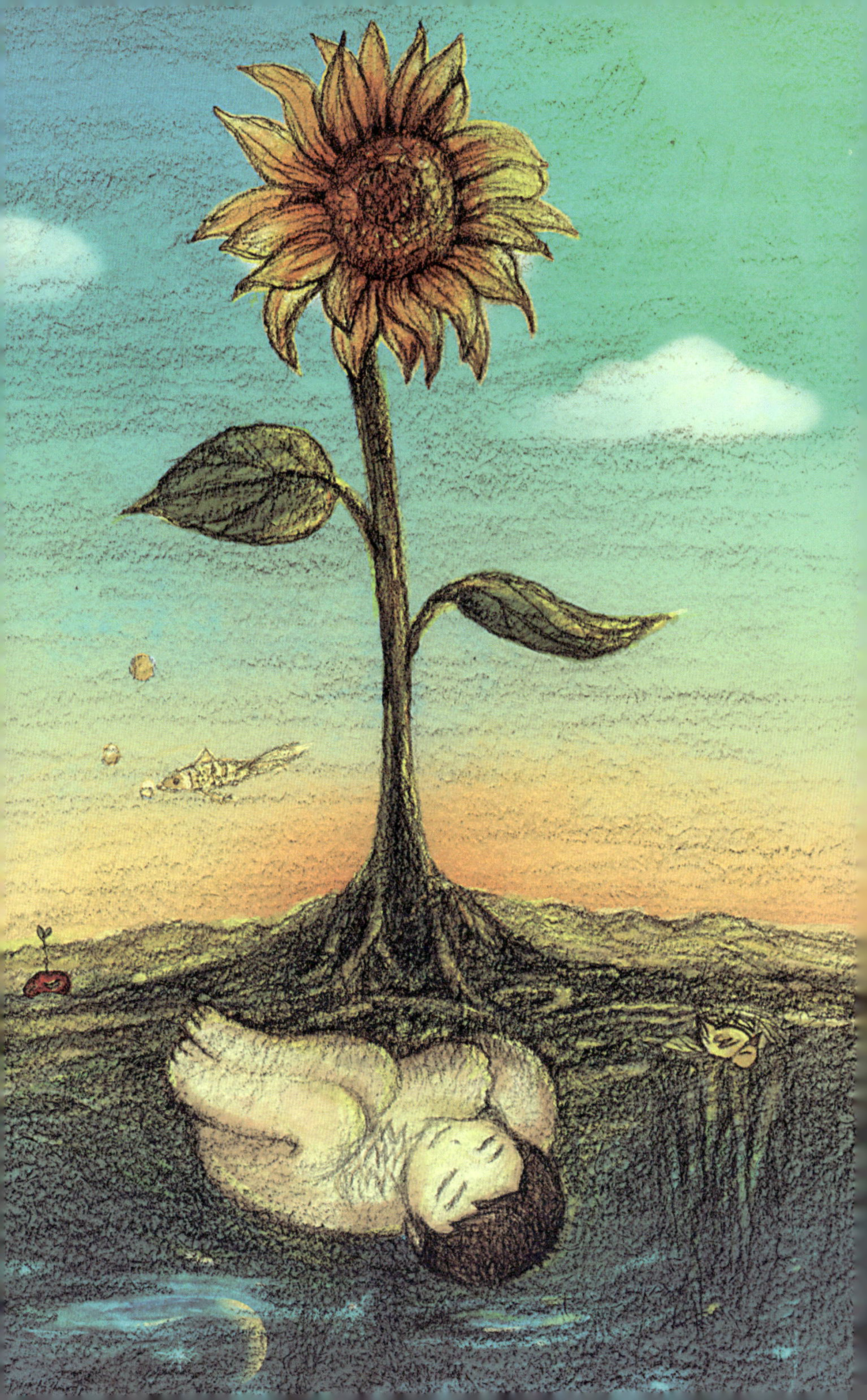

们都想让对的人一直都在。可惜，很多后知后觉、错知错觉的事，毫无疑问地让人很受伤。人山人海兜兜转转，有的人既是益友，亦是良人，这是幸运的。有的人费尽矜持只为等待一个从爱情开始、从一而终的人，这也是一种满足。

你来到这世上，就一定会发生关于你的故事，故事里一定有属于你自己的爱情章节。你若在场，这个秋天应该很好。

让我陪你

得了急性肠胃炎的我,在医院的病床上躺了三天,低烧不断,脑子里都是嗡嗡的响声。人啊,只有在自己真正吃了亏之后,才会发觉那些关于健康的不痛不痒的叮咛,是多么的重要。惨痛的现实告诫我,东西不能乱吃,这跟"话不能乱说"同等重要。此后,啤酒烧烤之类的,与我再无缘分。

病房里只有我和护士两个人。广播中的女主持人问男嘉宾:"结婚的话,拜金的女孩可以吗?"男嘉宾说:"如果我有金让她败,而且她也败得很开心的话,我愿意。"听到这里,护士姐姐脸上浮现了羡慕的表情,嘴里还忍不住念叨:"啧啧,这么好的男人,肯定很多女孩子喜欢。"于是我告诉她:"这个男人已经三十五岁了,至今未婚。"护士姐姐一脸惊恐地望着我:"你怎么知道?真的吗?""是的,因为我喜欢他好多年。"我一脸的笃定,然后躲进被窝开始偷乐。"得了吧,小丫头。你才几岁!"我探探脑袋:"说不定,我上辈子就认识他啊!"

是啊，听起来那么熟悉的声音，就算未曾谋面，也有着似曾相识的感觉，仿佛前世的老相识。我不是什么先知，但是我就是知道。

如果有一天，一个人突然冒出来向我表白什么"对你情深似海"之类的话，我一定会把他当作智障然后遗忘。如果有一天，有个人在我面前轻描淡写地说："对你的笑容见即难忘。"我一定认为这个人像开在阡陌上的夏花，绚烂而美好。

现在，大家总喜欢拿"大风"和"烈酒"说事儿，没错，我既不爱大风，也不爱烈酒。我的人生有两大追求：真爱和自由。只要你不愿意，谁都无法禁锢你的自由，所以自由来得会简单些。那真爱呢？真爱总是发生在一瞬间，还需要你耐着性子去捕捉。如果想要知道你跟另一个人能否产生感情，那你就数数你们之间发生过的故事，如果十个指头都不够用的话，你们之间一定有某种关联。

知道为什么有些条件好的大龄女孩，不谈恋爱却去追星吗？因为她们拥有的太多了，生活中只差一个男人和一条狗。但这个男人不好找，既然找不到那个心灵上契合的人，索性用一个遥不可及的人，来填补精神上的空虚。喜欢得不到的人，就不会失去。喜欢可以得到、但却不合适的人，得到后再失去，会更加痛苦。我们都是靠爱情维持心跳的人，最讨厌别人用"待我富贵荣华，许你十里桃花"来搪塞。当你爱的那个人出现的时候，你那些所谓的"标准"在这个人身上都是不适用的。所以，要爱一个能让你的生命更加鲜活的人。要和那个对你说"让我陪你"的人，走接下来的路。

这些都是我这个小病人在病床上糊里糊涂琢磨的。如果你也跟我一样这样认为,那么,你的感情也许生病了,可是不要紧,不用看医生,去找你喜欢的人就是了。你要告诉他:"来陪陪我,抱抱我吧。"他一来,包治百病,他不来,百病缠身。

人

如果我是一个凌晨十二点就要交稿的作者,对我来说,没有灵感的夜晚是非常可怕的。可是我不能放弃对文字的热忱,我在大脑中快速组合排列出我想要的句子。当你对文字失去兴趣的时候,文字也会离你越来越远。每一份付出不一定会得到相应的回报,但是消极怠慢一定不会有结果。人要勇于面对,才是真正走向成熟的开始。

我发现一个很有意思的现象。当小朋友犯错的时候,家长总会对他们讲道理。当小朋友提出质疑的时候,家长往往会说"这是真理"。那真理和谬误的界定究竟是什么呢?真理只能适用于最简单的语言,它是抽象的。真理不能被细致化,例如:1+1=2,每个人都知道,每个人都能用各种事例来说明它的正确。可是1+1为什么不能等于3呢?这就说不清楚了。真理是我们意识里的一种固有定论,我们的思想在代代相传中,将一些需要用精神解释物质的东西化为"理智的理解"。

我们读很多的书,走很长的路,认识有意思的人,正是在有限的时间里去认识这个无限的世界。我今年二十岁，结识了一个六十岁的大朋友。我还处在对诸事兴致勃勃的年纪，而他已经是看破世事的年纪。我在他的身上预见了自己的未来，他在我的身上回忆着自己的过往。我们虽然生长在不同的时代，成长经历存在一定差异，可是我们都是时代的缩影，每一代人都有其各自的特点，每一个人都是独立不可复制的。人类的伟大在于其生命体的不可复制。尽管出现了克隆技术，可是我们的意识却是不能被复制的。所以我经常在想一个问题，究竟是我的肉体活着，还是我的精神意识替我活着。

人为什么要热爱生活？因为我们享受"感知"的过程，我们将自认为很有趣的思想总结，运用到新的生活中去。人为什么要进步？因为我们需要不断地吸收新知识，作为我们在这个残酷的社会坚强生存的营养供给。

人和动物的本质是一样的，人类只不过是高级哺乳动物。自然界的生存规律是物竞天择适者生存，人类站在了食物链的顶端。欲望无度暴涨的人类在虐杀动物的同时也破坏着生态，人类的行为遭到了自然的惩罚。近年来，人类意识到要保护物种的多样性，要防止全球气候的变暖。人类在用自己的方式向大自然认错，并且付诸行动。

万物发展都有它的客观规律，物极必反的道理总是能让我们学乖不少。

人是复杂的生物，想要读懂世界，就要了解自己。连自身的谜团都解不开，如何去玩转世界的谜语呢。

说点笑话

上大学之后才发现，写五千字以下的文章是小菜一碟，五千字以上的论文是家常便饭。毕业之后才知道，那些"大一恋爱季、大四分手季"的传闻都是真的，那些"友谊是否牢靠，靠借钱这件事就能检测出来"的段子也是真的。总之，也是一个从听学长学姐们开玩笑讲八卦到现在自己实现八卦的过程。

二字开头的年纪，是一个从自己的小世界到适应社会这个大世界的预科班。在我看来，真正学到的那些够用一辈子的经验，不止是在课堂里学到的工作技能、专业基础知识，还有在课堂外的生活实践里总结的。

年岁长了，虽然相对自由一些，摆脱了许多精神上的束缚，可同时它也剥夺了你煽情的权利，因为你要开始认真地做每一件事，不能再随便说说玩笑过过嘴瘾。你说的话，考的试，谈的恋爱，甚至是以后找的工作，到最后你可能会习惯性地应付，这些都是你要去等待的磨砺。

老外都说许多中国人都不太幽默，不懂得开玩笑。知道为什么吗？因为"幽默"这个词本来就不属于中国，本来汉语词典里是没有这个释义的。王国维先生将"humor"这个单词翻译成了"欧德姆"，后来被林语堂先生翻译成了"幽默"，中国这才开始有了幽默的概念。这是外来词汇，也是一种外来文化，所以每个人接受的程度不一致，也是可以理解的。

感性的人比理性的人容易吃亏，因为我就是个非常感性的人。理性的人看什么事都当玩笑似的，云淡风轻；感性的人啥事都容易走走心。可是后来社会告诉我，这个世界上没有莫名其妙的爱，也没有莫名其妙的恨，更没有莫名其妙的尊重和莫名其妙的鄙视。所以你所受到的待遇都是有原因的，不要拿尊严去追求什么虚无的东西，也不要用时间去苦等不属于你的东西。

活得有追求真的是一件特别幸福的事儿，因为常常不知道自己想要什么的人是很痛苦的。生活没希望，日子没朝气，整个人就像营养不良，过得不开心。可是也要深呼吸安慰自己，不过是糟糕的一天而已，又不是糟糕一辈子。

人生中总是遇到许多"知易行难"的事，不要再为小事而抓狂了。一个人的姿态对气质的影响胜于容貌，磨炼自己的内在才能提升日常生活的一切。我们总是喜欢听人说笑话，可是自己却经历着无数的冷笑话。总有人跟你开着不该开的玩笑，或者你总是逞强，跟谁开了一个开不起的玩笑。既然是笑话，听听就过了。认真，你就输了。

一个懂事的傻子

突然天黑了，我看不见远处的光，也找不到眼前的你。我被路过的风吹起来了，吹到一片沙漠，满眼的荒芜，看不清楚方向，听不清哪里的声音。任由耳边一阵阵呼啸，我怎么觉得那么疼呢。身体没有撕裂，那是怎么了——哦，原来只是心碎了，好像心在淌血。

喜欢上一个不喜欢你的人，和喜欢上一个不可能在一起的人，不能比较哪一个更加悲剧一点，因为心里的难受都是差不多的。

有一天我的室友气汹汹地跑来跟我说："我分手了。"我笑着说："挺好的呀，不要强求。"她抹了一把眼泪："我男朋友说，他从来没有爱过我。这两年他跟我在一起，都是因为我对他很好，他感动了，才跟我在一起的。"一般人可能都会送上安慰的拥抱，或者递上抹去眼泪的纸巾，而我却说："第一，他只是前男友。第二，你赚了呀！"她一脸惊恐地望着我。我说："你跟他在一起，是不是因为你特别爱他？"她捣蒜一样地点头。"那就对了，你这两年是跟你很爱的人在一起,而他这两年却是跟他不爱的人在一起。在你的回忆里,这两年都是非常美好幸福的;而在他的回忆里,他这两年可能是身不由己甚至痛苦不堪的。这么说,你不是赚了吗?"室友对我这惊人的逆转思维很是服气,立马就不哭了。就是这样子啊,既然我们在爱情里先当了傻子,那在爱情的结尾处,是不是可以当一个懂事的傻子呢。

童话里幸福终结了忧伤,故事的结局通常都是这样一句话:"从此,王子和公主过上了幸福的生活。"许多傻姑娘都情不自禁地许愿自己也有一个这样的结局。可是,这是结局吗?不是,开始了幸福的生活才是真正的开始。可以跟心爱的人一起生活,才是幸福的定义,大大方方的,和和美美的;否则,偷来的、抢来的那些都是要还的。这就是为什么童话故事里有几个公主就会有几个王子,从来不会乱套。所以,如果你傻傻地喜欢上一个不可能的人,那就做一个懂事的傻子,因为爱不会失窃,所以爱得平淡、爱得浓烈都是你一个人的事,寂寞边界一定不会只有你一个人。

每一次,要告别一段感情的时候,眼角都会流出不舍的泪,好像是一种仪式感,告诉自己不应该再等待,不要再受伤害。从前我们不知道永远有多遥远,时间一圈一圈、思念一点一点地告诉我们,永远就是你从心动到心如死灰的那一段过程,接下来,你还会有下一个"永远"。傻子会认真地对待自己的每一圈每一点,可能跑了无数个没有好成绩的爱情马拉松,但是他们一定懂得珍惜那个稍微对他那么特别一点的人。因为,你经历过这么多错的人,你知道不被爱是什么感觉,所以,才会对被爱那么敏感。

我们好容易习惯等待，等着那个爱自己的人出现，这样是挺傻的。可是我们都是懂事的傻子，爱我所爱，也无公害。

来自文吉儿的告白信件

世界上有这样的一种人：在做什么事情之前，都喜欢昭告天下，想要为自己即将收获的好成绩赢得喝彩。还有一种人：想要在什么事情都成功做完之后，再来展示，喜欢在安静中不慌不忙地坚持。这两种方式都不能说它是错的，选择前者，你将有很多人来监督，这样，你就会有强烈的心理暗示"我一定要将事情做到近乎完美"。选择后者，你一个人悄无声息地努力前进，犯了错也不会有人知道，可以稳稳地呵护你的自尊心。

人生越往后走，越来越害怕差距，看着年纪相仿的人，已经有了超凡的成绩，而自己还是一只平凡的菜鸟时，就觉得"笨鸟先飞"这个成语真的只适用于踏入社会之前。二十出头的年纪就能感觉到强烈的落差感，是一件很恐怖的事。因为它会像一堵黑墙将你迎面压倒，你会毫无理由地崩溃。好几次我都在崩溃边缘，可是习惯痛定思痛。我会逼自己再努力一些，也许过一段时间，我就会比现在好许多。

有人说，每个人有各自人生的精彩，这样的比较是毫无意义的。

有的人就是甘于平庸，有的人却要海阔天空。

我很佩服那些为了梦想坚持很多年的人，因为初心是精神上的宝藏。梦想是不需要甜言蜜语去哄的，也不需要各种糖衣的包装。它只需要你简简单单的付出。实现梦想，是世界上最简单也最困难的事。

我崇拜的偶像，以及我喜欢的男生类型，都是一个样子，安安静静做自己的事，专注而持久，不知不觉间充满了才华。所以说人格魅力比人的外表更重要，我们更需要精神上的慰藉和意见领袖。一个有思想的年轻人，最起码是要活得有底气。而你的底气就来源于你对社会可以贡献多少价值。每一个公众人物，都会经历一段没有掌声和鲜花的日子，都要学会面对不公平的冷眼，都要接受从高处跌入谷底的失落，最后才能成长，才能在脸上洋溢出暖暖的笑，才能在身后放出闪亮的光。

某天，看到一位小读者在给我的来信中写到这样一句话："吉儿姐姐，风沙星辰我都会在你身后，永远相伴。"那是一个不到十四岁的孩子，我很感谢他带给我的能量。庆幸自己一如既往地书写，从未想过要结束我的文字生命。走过很多崎岖不平的路，经历许多辛酸难忘的事，才会悟出一个道理：命运就像掌纹，尽管它复杂了些，曲折了些，可终究是掌握在自己的手中。

一个人，有多坚强就有多脆弱，有多渺小就有多高大。人生越来越丰富，故事越来越丰厚，我们就更加偏爱沉着简单。我们可以在上一秒变身为熊孩子，乖巧可爱；也可以在下一秒变身为超人，勇往直前。

每一次新书的问世，我都会特别感激那些不离开不忘记的读者。我会努力记住你们所有人的友善笑颜，也珍重你们送给我的每一句话。

新的旅程从这里开始，别让梦想只是梦想的文吉儿，诚挚地邀请你，到我的生命中做客。来了就不要走了，人生有那么多美好的礼物，等待我们一起去收藏。

一

曾经年少 尽情欢笑

才华是最好的荷尔蒙

英国哲学家培根早在16世纪就提出"知识就是力量"这一命题。

21世纪,没有知识就像战士上战场后发现自己不会使用武器。不仅工作面试会被人拒之千里之外,爱情也会少一个筹码,甚至在婚姻中都会是一种考验。现实是让人从象牙塔里惊醒的武器,如今这个浮躁的社会,仍然存在着"女子无才便是德"的落后想法。

人为什么多读书?当你看到夕阳余晖,孤雁翱翔于天际,你便会情不自禁地叹道:"落霞与孤鹜齐飞,秋水共长天一色。"而不是傻兮兮地拍着手掌大声喊:"看!有鸟!"前后者的差距,何止一个王勃。

现在,朋友之间互相"吐槽"已经成为一种"伪时尚"。有人会直接说:"你真是头蠢驴!"这样粗鲁的出言方式,难免让人觉得不舒服。你可以打趣地说:"上帝把智慧撒向人间,机智的你却撑了一把伞。"这样的话语既有艺术性,又充满打趣的成分。说话是一门艺术,首先你的语言思维要能支撑起你的文辞表达。

为什么说愚钝的人连恋爱都会变得很艰辛，爱情和面包或许可以同时存在，可它绝不会出现在一个情商很低的人身上，你的智商往往决定你的视野，视野决定平台，平台决定交际圈，而交际圈决定你的情商。

聪明人会认为，你喜欢我是因为我的特质。如果你为了讨好你心仪的异性而改变自己，希望对方也喜欢你，但你错了，你的妥协只会让对方认为高看了你。聪明的人一定不会做事冲动，三思而后行是一贯的风格，当然这不是"拖延症"，而是他们深知这世上有一种东西是用物质换不回来的，就是"后悔药"。聪明的人会给爱人独立的空间和相对的自由，这世上每个人都是独立的个体，用才华去吸引，去魅力去征服，用智慧去生活。

有才华的人在职场中遇到困难，会告诉自己："我只是用自己的方式去证明了这条路是行不通的，这也是一种成功。"他们懂得理性分析，善于总结。愚钝的人会自暴自弃，埋怨时运不济，甚至一蹶不振。聪明的人用唯物辩证法看问题，愚钝的人就像二维空间里的蚂蚁，永远只是看见眼前的平面，一条路走到黑。

人生在于漫长的积累和缓慢地释放。你走过的路，你吃过的苦，你读过的书，你学过的事，你爱过的人，都会变成光照亮你前行的路。我们奉行一句话："你曾体会多少，你就拥有多少。它们会随着时间的迁移成为你的翅膀。"有多少作为，就能吸引跟你一样优秀的人，成为一个载体向宇宙释放能量。能量守恒定律我们都懂，我们尊重这个自然世界发展的客观规律，但我们也发挥着主观能动性。

最好的人生，莫过于喜欢一个人始于外表，忠于人品，陷于才华。

何必委屈自己

有人说,人心是很难揣测的东西。我却觉得,人心是最简单直接的,因为想要什么就会去要。现在的人大多浮躁,都想用最简单的方式取得最理想的结果。所以我们都活得像自己,而每个"我"又都不一样。

我遇见过一个很洒脱的姑娘,她好像永远都知道自己想要什么,生活过得一点儿也不粗糙,很有态度。人们喜欢她的状态,因为真实。

许久不见的我们约了一起喝茶。能顶着四十度高温、甘冒被蒸干的危险出来见面聊天,这种友谊一定坚固。她见面就说:"你知道吗,我分手了。"一脸笑意轻松的样子,哪里像是刚分手的人,她就好像在说别人的事一样。我问:"你什么时候恋爱的?我怎么都不知道?"她也是一脸无辜的回答:"因为我好像从来都不提他。"

我询问她分手的原因,她说:"因为我很久都没有跟他联系,直到有一天我的一个朋友问我这样是否正常。我于是思考了一下,发现两个人都不联系对方,那就说明总有一个人有问题。既然都不联系,那就说明并不互相需要,好像可有可无的样子。不想再为了恋爱而恋爱,那就分手吧。"这样的回答看似有点狗血,可是仔细斟酌便可明了,如果两个人真的相互喜欢,那么就会存在精神上的依赖,而像他们这般如陌生人一样不联系,干吗还以恋爱为名绑在一起呢。

我想起来,她之前有给我发过所养宠物的照片,我问她:"这么好的天气,为什么不带你的宠物一起出来晒太阳?""送人了。"又是让我很无语的回答。"为什么呢?你不觉得很没责任感吗?"她说:"是这样的,我领养它回家的第一天,碰到我的邻居大婶。她说很不理解现在的小姑娘,不谈恋爱也不结婚,却要养一条狗在身边。既不用为了父母活,也没有人禁锢思想,却要被一条狗束缚。就算是单身,来去自如、了无牵挂,想干吗就干吗、想去哪就去哪,不是挺好的。好好工作没有后顾之忧。连自己都照顾不好的人,干吗还要给自己找碴儿。我觉得大婶说的有道理,第二天我就把狗送给了有责任感且已婚的姐姐。"我一口水差点喷出来,呛得我一直咳嗽。她的话虽然听起来是那么无厘头,可是颇有道理。

人呢,自在总是最舒服的。现在的我们总是容易被一个人、一段关系或者其他的什么东西套牢,活得很有压力。其实我们都应该简单点。人生时赤裸而来,死时也不会带走什么,那么短暂的人生,何必委屈了自己。

花开好了

颜色艳了,香味香了,花都开好了;
你是我的,我有爱了,世界完成了;
心紧贴着,手紧握着,没有遗憾了;
我很快乐,我很快乐,花开好了。

花与叶的分离是痛苦的,但也有人说它们的灵魂仍然相伴相随。它们共同经历了风吹雨打,彼此心心相印。当你看到花朵凋零的刹那,叶子飘落的瞬间,是否感到赤裸的痛,追忆它们陪你度过的日子?

我站在秋日的校园里,看着被风吹得摇摆不定的树枝发傻。人的内心总是反复无常,比如那些关于苦痛的记忆。某天,我将关于你的记忆埋在一棵不知名的树下,几年之后突然想起,会有冲动想去挖掘。人们往往在伤口快要愈合的时候,再次将它戳破,不是害怕自己忘了伤痛，而是迷恋上了忍痛的滋味。我们都想要刺激的生活，可生活如同一面镜子。你要学会在它面前表演，笑着面对，它才会对你微笑。

我们已经忘记了小草编成的手环，忘记了约好的毕业旅行，忘记了一起奔跑过的红色跑道，忘记了厚厚的笔记，忘记了共同的信念。我们都到了冲出束缚的年纪，都说"友谊淡然是必然"，走着走着，就散了，就算了。

会不会偶然有欲哭的冲动，想着那些让人疲惫的事，人也会变得憔悴起来吧。弹去记忆里的灰尘，将那些差点掩埋的念想擦拭干净。如果说恋人间最大的悲痛是天人永隔，那么朋友间最大的遗憾，莫过于彼此忘却吧。

曾经有过一样心事的人，终有一天会形同陌路，但彼此心中，会盛开一样的花，时时散发着记忆的幽香。

那些有意思的小事

有一次，我为了听一场与青春有关的演唱会而努力写稿，那些天差点把脑子烧干，只为用稿费换一张演唱会的门票。我买票的那一天就在想，应该很久不会再动笔了吧，最近写的稿子数量都够我读两个月了。然而，在演唱会即将结束的时候，我又有了想把那些记忆记录下来的冲动，因为有感情的文字才是最真实的。那些歌唱出了久违的心声，让我回忆起第一次听时的情景。我不会连续两天听同一个主题的演唱会，有的事情，只需要在脑子里过一遍就好。因为遗忘，所以珍贵。

有一次，一个刚考上大学的妹妹问我："上大学都要谈恋爱吗？"

我说："大部分的人都会吧，怎么了，你想恋爱啊？"

妹妹也不掩饰说："我是在想我会遇到一个什么样的人，让我喜欢。"

"那你喜欢什么样的？"

"我喜欢坏坏的。"

"你看,你明明自己有答案。"

她愣了半天没有说话。也是,这个时候的我们,往往也不清楚相信自己的憧憬多一点,还是相信命运多一点。

曾有一个陌生人这样问我:"我有酒,你有故事吗?"当时我觉得自己可能遇上无赖了,后来他笑了笑说:"观察了你很久,很想和你聊聊天,这样的开场白,只是希望你能觉得我特别一点而已。"这的确挺特别的——特别让人无语。他在我认识的众多"神经病"里,实属资质平庸的那一种。有些人的交友方式很奇怪,自以为是地认为对方一定会中他的圈套,然后像一只温顺的小绵羊,按照他所设想的剧情发展,而这些人其实蠢得像头猪。

再来说说有点意思又有点尴尬的事吧!作为一名文艺女青年,我爱逛文创园区。那些将老东西赋予新概念、结合资源缔造高产值的新鲜玩意儿,尤其吸引我。一天下午,我和朋友来到一个由老厂房改造的文创园,逛累了便找了一家咖啡店坐坐。我刚走进去,就有营业员问我说:"你是网红吧"我说:"网红?不好意思,我不红,连网都不常上。"她说:"你长得多可爱,不去当网红好可惜。来我们这里拍照的都是网红,那些姑娘们就像一个模子刻出来的,可好看了。"我礼貌地谢过了她的赞美,点了一壶伯爵茶,开始跟同伴聊起来。至少我该感谢她没有说我长得像这个谁或那个谁,其实我们每个人都是一个独立的个体,有各自的特点。网络红人也只是因为自身的某种特质在网络作用下,被放大而引发人们关注而已。就像并不是所有的网络红人,都

只会买衣服。至于后天"长"成一个样其实也无关对错,只是价值观的问题。网络红人有其光鲜,普通的人有其学识。这个社会分工明确,乐在其中就很好。

偶尔调侃,偶尔歌颂,生活就是这样,新鲜和无趣都是自找的。

青春和远方

"我活得有棱角,比你活得不像自己好。"我欣赏这样的人生态度,就像我熟悉的她一样。

她一个人去过西藏、内蒙古、新疆,以及青海的可可西里无人区等,作为一个行程超过10万公里的背包客,足迹的最远跨度等于574座珠穆朗玛峰,南北纬跨越了35.43度,踩过的面积相当于大洋洲。她说:"我走着走着,才发现自己走了那么远。"

她是一个九三年的姑娘,介绍自己时总说"我是小房子,房玄龄的房"。观点一致的姑娘容易在最快的时间变成我的知己。从一开始,我们就一见如故,有聊不完的话题。她曾因"背包走过227个城市"而走红于网络,却也因此招来十几万的质疑批评,面对舆论压力和网络暴力,她深深体会到人的可怕,她说:"那与在无人区时对自然和孤独的恐惧是一样的。"

我曾问她是否写游记,她则任性地摇摇头。大概是经过时间的沉淀，能逐一记起来的故事都已经深刻到骨子里，连角落里的也都变成信仰融化在生命的长河中了。

我从她的经历中开始思考自己为什么也热爱旅行。我喜欢看静美的风景，那么大的世界总有我想不到的景观，总有我不曾遇见的特别。我想走更多的路，在我有限的生命里去享受那些自在的时光。在不同的季节里，去感受每座城市带给我的温度和情感。在不同的岁月里，去感知世界传递给我的爱与惊喜。每一处风景都是一个故事，需要你去品味，赋予它不一样的解读。兴许是我的感性在作祟，可人生不就是一场修行吗，身体和心灵总有一个在路上。

那么她呢。她喜欢冒险，有一颗探险家的心。她说："对于背包旅行为什么大部分人会觉得害怕呢？多是因为对未知产生恐惧。"这是人的本能，可她就是一个突破极限的人。她在和我开玩笑时曾聊到，许多人会担心无人区的雪山、沙漠，其实除了天灾，人祸几乎是不可能的。你能想到的人为伤害都是不成立的，这些地区，几百里找不到一个人，需要担心的应该是自己会不会饿死。她们这种长期在户外玩耍、喜欢徒步穿越无人区、挑战雪山的人，崇信的从来不是征服，而是拥抱和接纳。

如今她成了一名"北漂"，与无数创业的年轻人一样，在竞争力极强的"北上广"与同龄人展开"殊死搏斗"。我猜，每当她失落失意失望时，每当她在人生的十字路口选择时，她都会想起曾经一个人行走的孤独、困难或者绝望，从而遵循内心的声音。曾经那么多的艰险让她有了坚强的意志力。用一句话形容我最好的朋友：真正的海燕从不惧怕风口浪尖。

命运在冥冥之中指引着我们的方向,遇见善良的人,经历繁杂的事。人生总有无数次的远行是关于梦想,即便颠沛流离也要到达远方。青春还长,愿岁月可回首。时光你别催,该来的我不推。

谁都逃不过

有一类人，每天数着日子过，计算着所谓的生命周期，细数着时光一个又一个轮回。

有一类人，每天笑得开怀，看似活得没心没肺，对任何事都不痛不痒，因为他们认可了命运，所以相信一切自然的遇见和发生都是刚好而已。

有一类人，担心时间过得愈来愈快，自己还停留在原地浑然不知，错过了骄纵的时机，未曾拥有天真烂漫，却每天吟唱诗和远方。

不管你属于哪一种，人生的轨迹越往后你越会发现：每一年都比上一年短。

这就是日子，谁都逃不过。

一个没有独自生活过的人，永远无法理解一个城市的灯红酒绿、人情冷暖有多么残酷。总说人要学着独立生活，那么请思考一下，人类这个神奇的物种究竟是群居动物还是独居动物。

一个没有失恋旅行过的人，永远无法懂得世界上最美好的风景就在脚下，而那个曾经说陪你看风景的人却不知流落在何方。就像是，有人曾经说要保护你，结果大风大浪都是他给的。

一个没有忘情度日过的人，永远不会知道安慰的鸡汤是没用的，励志的故事是没用的，委屈的眼泪是没用的，一蹶不振、强烈谴责都是没用的。真正有效的是漫长的岁月，它会让你学会波澜不惊，会让你学会从容淡定，会让你明白无论如何，明天的太阳都会如期降临。

这就是成长，谁都逃不过。

寻找旧时光

如果用一个形容词来形容过去了很久的时光,是否可以用"老旧"。

我不太记得旧时光里的欢乐,它就像一个老旧的灯泡,已经坏死,只有模样还是像亮光的时候一样,可惜,随着时间的流逝,它已经黑了。

也许随着年纪的变化,文字的温度也会有所改变,记忆里的选择,我们不再想要寻找后悔药,而是开始试着云淡风轻地带过,然后,假装忘记。

你说,老旧的记忆,它疼痛吗?

一根风筝线拉扯一只风筝,它很疼,可是为了让风筝飞得更高,它选择承受来自风的压力。

那么,追风筝的人呢?他朝着风筝的方向一直跑、一直跑,他只看到了天上看似美妙的场景,很有情调地追着风筝一直呐喊。看上去畅快吗?是的,可惜他选择追寻遥不可及的浪漫,却忘记脚下的荆棘坎坷,也许一不小心,他就摔倒了,然后摔倒的时候,他仍然是看着天的。有人说他傻,为什么不低头看着脚下的路慢慢地走。其实不然,他追的可是风筝呀!是风筝呢!是自己亲手放到天上的风筝呢!

许多人不都是这样吗,自己放了风筝,自己又追着风筝,乘着风看着天,然后傻笑。可惜,自己不是一只风筝,许多人都想如风筝一样无忧地在天空中摇摆,看着可应景了。

可是你可曾想过风筝的感受,它只是一个玩具,或者说让人们放松心情、陶冶情操的工具罢了,它的任务就是被人们放飞到天空中,仿佛它飞得越高,人们脸上洋溢的笑容就越发灿烂。如果你是风筝,你愿意总是被人放到那么高的地方,被一根线拉扯着,没有自由,没有知觉吗?你愿意吗?

其实不管是人还是风筝,甚至一切客观事物,都有自己冲破不了的束缚,所以它疼痛。包括时光,它也很痛。

时光不能倒流,它只能永远向着一个方向前进。过去了的,我们称之为"流年",我们每天都生活在流年里,因为我们知道,它迟早是要走的。

我曾经静静地,想要聆听时间的声音,最后,我发现它悄无声息。

我曾经傻傻地,想要寻找时间的足迹,然而,我发觉它也许并不存在。

我们当下的每一天,每一年,都会成为未来的老旧时光。你是否想好,如何在未来和老旧的交错中行走。

人,要活得"精致"。

这样,当你回忆起旧时光的时候,你才不会觉得疼痛……

自欺欺人的小世界

很久以前，我的导师告诉我："当一个人开始感受到时间的存在时，那将是痛苦的开始。"

那时候我以为，这种类似哲人说的话，我可能要用一生的时间才能悟出其中的道理，但是对未知的好奇也是令人欣喜的。无奈一辈子太短，倏忽一瞬，四年过去了，而我，也慢慢地走向痛苦的深渊。

上大学的时光，想得少，睡得早，还喜欢笑。没有过多来自社会的压力，简简单单地上课、谈恋爱、混日子。这个时期，我们会拥有三个以为这一生都是挚友的姑娘，从一起勤勤恳恳念书到柴米油盐度日。而毕业的时候，我们回到各自的原点，从哪里来，就沿着原路返回哪里，再多的情分都化作了心底的珍重。结果你发现，这四年，熬过了所有的时刻，后来你还是一个人。

我们总是喜欢骗自己，说一些好听的话给自己听。比如：失恋了没什么大不了，不喜欢自己的人只是跟我的频率不对，那就调整一下，为下一个聆听我心跳的人做准备。再如：工作丢了也没关系，能在低谷时候站起来笑，就一定在走向顶峰的时候更有勇气。自我慰藉的话跟自己说了一次又一次，最后我学会一个道理——我不能依赖任何人生长，因为就连我自己的影子都会在黑暗的时候偷偷藏起来，让我找不到它，何况是别人呢。

吃不到葡萄说葡萄酸的例子实在太多了。毕业之后，有利益关联的女生之间，在生活中频频上演一出"宫廷大戏"。我有一个朋友，上学时喜欢拍照，毕业以后特别喜欢模仿日韩的女生拍一些楚楚可怜、清纯可人的照片发布在网络上，也算是一个小红人了。有一天我们一起浏览网页，她一脸鄙夷地说："你看这个×××，就是因为照片转发率很高，现在好多人都认识她，这么难看居然还有人请她拍广告，我看这片子修得一点也不好。"我不懂摄影，所以没有发表意见。可是第二天我就在网上看到了她模仿那个姑娘拍的照片，连服装背景都一模一样。我有些惊讶，给她发了条消息问："你不是说不好看吗？""她拍不好看，我拍就很好看。"我半天没有说话，因为我实在不知道这时候应该说什么才能做一个中肯的好人。

后来我才知道，她们正在竞争成为同一家公司的艺人。这脚还没踏进娱乐圈，套路先学了不少。很长一段时间我都没有跟她联系，我以为她被利欲熏心变得复杂了，可是事实一再告诉我，是我把凡事都想得太简单了。

等我变聪明了，我才知道原来从前我全力以赴地做了好多傻事。现实世界里真的有"值不值得"这么一说。小时候自以为是地认为自己很特别，长大了跟同事们聊天才知道，他们小时候也是这么看待自己的，原来我只是那一大堆自认为天赋异禀的人中的一小个。

　　时间久了，我不会再一味地取悦自己。那种说大话，开小差，伴随一点任性，爱没有未来的人，都是自欺欺人的小世界，已崩塌，勿怀念。

白日梦患者

我一直觉得,每一个喜欢摆弄文字的人,都是有着匠人精神、认真做着白日梦的人。我们小的时候都爱做游戏,因为游戏给我们带来了一种在现实世界中无法获得的满足。我们长大了便不再做游戏了,改做白日梦,在幻想中实现种种禁忌或者求而不得的欲望。

我常常做一个美梦,幻想我的人生充满喜悦。现实中,我们都恐惧悲剧式的人生,却都忘记"乐极生悲"的道理。真正的喜剧人生也是过着、过着才笑了,活着、活着又哭了。那些喜剧演员,在一次次的谬误中制造幽默,博观众一笑,可表象的背后却有着他们不为人知的辛酸。喜剧的核心是悲剧,很多以幽默出名的人都患有不同程度的抑郁症,可见,并没有贯穿始终的快乐。如果你的人生是一出喜剧,那么恭喜你,你也是演员,观众一眼就能看穿。

在这个世上,有的人想追求真正的自由,却被说成放荡。有的人活着却犹如疯癫,比死了还难受。我们接触到一切的看不惯的事物,其实都是人性的缩影。我喜欢那种无意中的有意，那种夸张中的淡定。这个世上没有绝对的好人与坏人，只有在不同的环境下，欲望被激发或抑制的程度不同的人。

很久以前我喜欢一个人，后来我去问了另一个我不喜欢的人。我说："你觉得喜欢一个人有保质期吗？"他说："一定是有的。如果你喜欢一个人，而这种喜欢迟迟没有转变成爱的话，总有一天你会不喜欢他了。但是如果你爱一个人，你就会一直爱下去。"

是啊，如果我不喜欢你，那我对你的"不喜欢"永远没有保质期。不喜欢的下一个阶段是喜欢，而喜欢的下一个阶段是爱。喜欢可以同时接纳很多，爱却只有刻骨铭心的一个。

你在梦里遇到过你喜欢的人吗？一定有的。

都说，缘分来时，千军万马，缘分走时，秋风扫叶。爱情这东西，不是你为它发了疯，就是它让你迷了眼。喜欢一个人，就像自己在无限期的孤单慢跑，一个人要负责书写两个人的故事。心会时不时地飘了出去，自顾自地、不知目的地旅行。

我总认为，爱情和梦想是一致的，它们都需要努力。如果不努力，注定只是不甘心，永远不会有好结果。它们也是需要我们做白日梦的，激发起我们本能的欲望，刺激我们为之付诸行动。这么说来，做梦还真是一件幸福的事儿。不必慌慌张张、匆匆忙忙地掩饰自己在成长路上遇到的各种尴尬，大大方方地承认自己那些不为人知的秘密。有时候很羡慕自己，知道我这么多秘密；有时候也嫌弃自己，害我做了那么多糗事。

我们都有一段似锦的流年,也有大大小小隐忍的伤。正所谓,可是有悲有喜才是人生,有苦有甜才是生活。无论繁华还是苍凉,看过的风景请学会不再留恋。再大的伤痛,睡一觉就把它忘了吧。人生这条路很长,边走边忘也未尝不可。

趁我年少如花

小的时候希望自己的人生可以丰富些，经历的事儿越多越好。因为，如果我将一切都扛在肩上，我就一定是一个小超人。而长大了，越往后越希望自己生活的简单点、再简单点，多留下一些美好的、自然的东西。我们想要有自己的时间去梳理那些生活里的麻线团，可是忙碌、烦琐耗费了我们大部分的精力。欣慰的是，过往的日子里，我遇见的美好占据大多数。我耳边时常传来一阵阵、一声声关于能量的呼唤——你把最难熬的日子熬过去就好了，所有的困难都是一个过程，为了有一个好的结果才会去经历这些困难。

年轻的时候有很多想做的事，后来发现能做好一件事并不容易。我们看了很多的故事，自己也是故事里的主人公。人生有那么多的谜团，有时候连看透自己都难，可每一次解谜的过程又都是一次与人生进行着的热烈的讨论。

有一天，我读了一本书。那是一个年轻的姑娘写下的关于她的故事,她的故事像一颗星星,夜空里不是最闪亮的,却具有坚持的光。那种光是可以照进人的心里,让人温暖,让人有认同感的。人的一生会遇到许多的人,良师益友都是财富。她的文字里有思想,你要细细地读,慢慢地品。在文字里沉溺了许久,后来,我竟然忘记了我就是这个姑娘。

偶尔会羡慕平庸乏味,因为一成不变也是生活的正常形态,有了它的反衬,甜蜜的生活才会显得格外可贵。成长是在不停的辗转中变得越来越坚强,生命的轮廓也会变得越来越和谐。再后来,我们的梦想都被我们赋予了生命力。

我们要学会认认真真地对待每一份虔诚的信仰,我们要在光影迷离的大千世界里定睛专注地做好我们自己的事。我们只身来到这个世界,感受着幸福的发生,我们不停地分享、不停地交流思想,就可以碰撞出属于美丽的火花。

时间就像沙漏,它不停地漏,不停地漏……当我们感知到时间的存在时,它已经远走到了我们寻不着踪迹的地方,而它留下的,就是逝去的光阴里属于你的记忆。现在,我们有的是青春力气,所以无论那座关于梦想的山再怎么高,我们也一定翻得过去;不管路再怎么远,我们也终会到达。憧憬着在中年时再与熟知的人重逢,聊起当下,我们没有辜负这光芒万丈的青春。

你想要的一切,自己有责任去完成它。一切都是命运,一步一步照着约定好的剧本走,你会在期待中抵达你要的终点,命运唯一向你索取了的,就是努力。所以,即使我们永远无法超越时间,但是我们可以努力超越自己。不要害怕，也别认输，我们要学会在不同的阶段调整自己的目标，即便路途遥远，你也会遇到一段幸福的、快乐的、晴朗的时光。

有的人我们终会遇见，有的方向我们终会前进；有一个人，你一定会和我一样对他惺惺相惜。岁月是值得怀念的、留恋的，趁我年少如花。

做时代的担当者

现在有一种社会现象，叫"顺流合群，就是最好的躲藏"。我们被这个时代赋予了许多概念性的东西，我们每天摄入的信息千千万万。可我们真的认识这个世界吗？我们真的有在独立思考吗？

艺术家在伏尔泰酒馆逗留，产生了达达艺术；萨特和西蒙·波娃在巴黎左岸咖啡馆激烈的争辩后，产生了存在主义和女性主义。当下的我们，心里何尝没有一把剑，你是否也尝试着去创造自己的炫目思想。

历史不能假设，但未来可以创造。这个时代我们拒绝悲情，不喜欢哀叹，无所谓恐惧，那么今天的我们，究竟还能做些什么？

我们需要戒掉浮躁，对于这个时代，敞开胸怀聆听，静下心灵思索，以理性、开放、尊重的态度，开启与梦想的对话。做一个有思辨力的年轻人，做一个有眼光、有思想、有格局的历史开创者，让这个世界因为我们，而有那么一点点的不一样。

我们要依靠学识、头脑、视野、胸襟，做时代的担当者！

人生本该自由 何不就此漂泊

Hero

小时候看周星驰的电影《大话西游》，紫霞仙子有一句经典的话："我的意中人是个盖世英雄，我知道有一天他会在一个万众瞩目的情况下出现，身披金甲圣衣，脚踏七色彩云来娶我。"可她猜中了开头，却猜不着结局，因为她等到的永远不是至尊宝。有的人看着是近了，其实是远了。但至少，她在自己构建的世界里与她向往的英雄长相厮守。

很多女孩子从小就幻想着自己有一天可以嫁给白马王子，少女的心里总是有一个对意中人的形象设定。"白马王子"这个形象就很典型，英俊、高尚、忠诚、勇敢。几乎所有美好的词语都可以用在这个人物身上。并且从"骑马"的引申意义就可以折射出这是一个有着骑士精神的男人，他代表守护、忠贞与责任，所以王子一定不是骑着牛或猪来的。但是在过分的憧憬下，少女们容易被感性蒙蔽双眼。因为骑白马的，除了王子以外，还有唐僧。

很多女孩都向往自己的另一半是一个具备英雄特质的人，喜欢把某些特质无限地放大。其实，英雄只是把某一件事做得不平凡的普通人。我不想嫁什么拯救世界的大人物，因为他不是属于我一个人的，在我心里，英雄是那个离了熙攘人群只对我一个人特别好的人。你可以做其他所有人的逃兵，只做我一个人的英雄。这大概就是我所期待的爱情吧。

当下我们都年轻，风起云涌的时代浪潮下，我们就像一只只的小蚂蚁。可是强者必须逆流而上才能加冕为王。有人说这个时代充斥着速食爱情，可我认为，爱我少一点没什么，爱我久一点，久到我们都走不动了，这个人就是我的英雄。因为愿意陪你经历苦难、忍受风霜雨雪的人，是值得被好好珍重的。每个女孩心里只有一个属于英雄般意中人的位子，不要随便动心，却要日久情深。

想要遇到期待中完美的人，自己要先成为别人梦里的白雪公主。白雪公主具备哪些特质呢？善良、美丽、勇敢、孝顺。她和白马王子简直是天生一对。就没听说白雪公主和七个小矮人中的哪一个谈恋爱的，虽然他们每天守护在公主身边。事实证明，那些没有一见倾心又不忍伤害的、对自己好的人，最后都成了朋友。可是对于白雪公主来说，小矮人们也是英雄般的存在啊。所以，英雄的涵盖面就不仅仅是意中人，也可以包含朋友。

不叹天荒，不念地老，愿意真心实意在一起的人就是最伟大的。我们最害怕的就是最后一次的心动、最后一次的放手，从此以后再无爱情打扰。我们都做不了自己的英雄，因为不幸福的时候看着在一起的人,心里是痒的。我没有办法目空一切,相信你也是。

生活不是演电影,可是我们心里都住着一个紫霞仙子,这就是它经典的地方吧!从很多年前到很多年后,我们都在等,等那个盖世英雄。

哆啦A梦与大雄

哆啦A梦陪伴了大雄八十年，在大雄临死前，他对哆啦A梦说："我走之后你就回到属于你的地方吧！"哆啦A梦同意了。而大雄去世后，哆啦A梦乘着时光机回到了八十年前，对小时候的大雄说："大雄你好，我是哆啦A梦！请多指教！"

我们很多人都羡慕大雄的生活，自己"废柴"一个，却有一个永远陪伴在身边指引方向的机器猫，即使走到生命尽头，给它再次选择的机会，它依旧会选择重新遇见你。若友谊可以像大雄和哆啦A梦一样单纯、真诚，也算是不枉此生了吧。

其实我们总是习惯被照顾，习惯别人对自己好。我们不喜欢自己喜欢的人喜欢我们不喜欢的人；也害怕自己认为最要好的朋友有比自己关系更好的朋友。每个人身边也许都有一个哆啦A梦可以让你有恃无恐，就算做不到哆啦A梦，我们也应该试着努力去做好大雄。因为感情是双向选择与付出，即使是无所不能的小机器猫，还是有大雄会拿着铜锣烧去找它。

很多人小时候放学都会拉开抽屉检查一遍，不知道什么时候自己的哆啦A梦才会来。好像一直是梦想，可后来这样的梦想还是实现了一部分，因为他们变成了大雄。其实，成长是件很现实的事，离开了哆啦A梦，大雄一样会长大。只是有了它，大雄不那么孤单而已。

哆啦A梦对大熊说："我想一直在你身边，直到你不需要我的时候。"大雄也真诚地相信，他们就会一辈子不分开。在生活中，大雄总是经不起诱惑，而哆啦A梦总是守护着他。直到后来大雄找到了幸福，哆啦A梦一度以为自己的使命已经完成，而快要离去的时候，它却发现已经无法分开。假如哆啦A梦从来没有来到过大雄的世界，那个迟到、成绩垫底、受胖虎欺负、没有运动细胞等有一大箩筐缺点的小男生，可能一辈子都会拖拖拉拉、懦弱胆小、善良感性，永远也打不赢胖虎、娶不到静香。就算最终他改变了命运，如果没有哆啦A梦，这一切都仿佛没有意义。

刚刚出生还稚气未脱的哆啦A梦，收到了大雄一百年前写给它的信："谢谢你为了我在一百年后诞生。"那时候的小机器猫说："虽然不知道是谁，不过谢谢！"大概到大雄去世以后，哆啦A梦去重新寻找小时候的大雄时它才明白，人生之所以万分珍贵，是因为命运轮回教会我们什么叫不舍、分离。时光旅行再美好，你还是注定只能是过路人。所以大雄对于它来说，就是感情的全部。

我相信大雄最后也明白，他喜欢的不是哆啦A梦的口袋，不是什么道具，他要的只是哆啦A梦永远在他身边，口袋不是他的朋友，它才是。我一直很喜欢哆啦A梦对大雄说过的另一句话:"这世上,没有什么是别人做得到、但是你做不到的事情。"所以,我身边好像一直有一个哆啦A梦在伴我同行。

洱海随笔

画一片海，不要帆船，不要离别。

我对洱海有着特殊的感情，仿佛上辈子就是从这里来的，每年都要去修身养性一番。

对于还没有去过的人，它是心里梦寐以求的远方。而于我而言，它是心底念念不忘的过往。苍洱之间，聆海沐月。

如果你想在百般聊赖的日子里，来一场风花雪月的宿醉，那么，启程，一路向西。

清澈的湖面，广阔的空间，柔美的线条，画一般的山水，还有一颗寂静美好的心。

你的思绪会随着时间漂泊，喝茶、发呆、看星星会成为最享受的事。

或者，你将心事告诉风儿，叫它偷偷带走。

嘘！你听，那是谁的呼唤。

关于不要脸

不要脸这件事,如果干得好,叫"心理素质过硬"。要脸这件事,如果干得不好,叫"死要面子活受罪"。我们曾做过一个这样的实验:将橙子和苹果同时放在一个地方,搁置一个月后,橙子才开始皱皮,而苹果却已经腐烂。所以说,脸皮厚对于生命有重大意义。

这个社会里总有一些"捧高踩低"的现象,尤其是对公众人物。如果你有任何一点不当的行为言论,哪怕不触及道德法律,你也会被无情的网络大军和跟风群众"啪啪打脸",让你有苦说不出。很多时候,你的努力和付出不为人知,你只能自己扛起那些辛酸与代价。在人前光鲜亮丽,却还要承受无情的脏水泼向自己。怪不得说"人怕出名猪怕壮",想要让你的名字被更多的人记住,首先你得挖掉你的"玻璃心"。

许多艺人在出道的时候都被批评得体无完肤。例如演戏时表情僵硬、眼神空洞、神情做作，这些都是网络大军兴致勃勃的"槽点"。许多艺人公司还会利用这些负面的言论，将舆论的激情推到最高峰。借此，观众享受到了"吐槽"的乐趣，艺人也随之走红了。在娱乐圈，你只要红了，就无人理会是被捧红的，还是被骂红的。只要有人关注，你就赢了。

那些被骂了无数次"滚出娱乐圈"的明星们，在一场场的口水战中越挫越勇，并能赢得大批原本不喜欢自己的人成为自己的"粉丝"。因为当你被踩到最底下的时候已经没有了退路，而上升的空间却是巨大的，这个时候你会开始触底反弹。当然前提是你有一颗无惧打压和谩骂的"钻石心"，你才能在漫长的暴风雨过后开始闪亮。没有公关公司洗不白的艺人，只是时间问题。人都是要脸的，不过在一些人看来，那些不要脸的经历只是牺牲小我、成就大我的必经之路而已。

厚脸皮和不要脸，成了这个时代通往成功的康庄大道，有了这种精神，你将所向披靡。友谊的小船不会说翻就翻，爱情的巨轮不会说沉就沉，亲情的火苗不会说灭就灭。这年头，浏览器都会在打开的时候不要脸地问你要不要设置为默认。微博、朋友圈满屏的"照骗"，各种社交软件产生的大数据教会我们：脸皮虽是一张面具，而别人往往就通过这张面具才想去探究你的内在。所以，不想被人一眼看穿，厚脸皮不失为一种有效的自我保护。

当然我们也要一分为二地看待这个问题，脸皮厚不能比城墙还厚，不是耍无赖，不是以维护自尊为名嚣张跋扈，更不是欺负弱小。

要在恰当的时期，特定的环境，倡导社会积极作风的情况下，偶尔做一个大智若愚的人。

理性看待不要脸，你的脸面，会更加精彩。

关于迷失，关于你，关于我

生活没目标，人生很迷茫，梦想这一栏暂时空缺，爱情这种哲学问题思辨不来。以上都是我当下的大实话。请问，我怎么了？我迷失了？别诧异，你一定也有这种时刻。这个世界很奇妙，它有时是极好的，有时又爱恶作剧。有人说命运总是垂青幸运儿，而我却觉得，它从来不因谁长得好看就让阳光多洒在他周围，也不会因为谁多了一点才华就对谁格外宠爱。

好的坏的我都认，骄傲的失意的都感恩。不认命，你也改变不了你的过去，那就姿态美一点。我们活在世上，还是要活给别人看的。如果世界上只剩下你一个人，你一定不会在意自己的穿着打扮，也不会思考怎样才算完美。但孤芳自赏不适用于当今社会，"酒香不怕巷子深"的年代早已远去。我们要学会在低调中突围，在高调中谦逊。

年纪越大，越发现自己骗自己也需要勇气，越来越害怕孤独，却偏爱享受孤独。一个人的世界很小，但是可以自由自在。慢慢地会像记手账一样，记录自己的生活，生怕自己把自己忘了。小时候喜欢装成熟，长大了才发现小时候真好。以前我们都告诉自己要做一个有内涵的人，可是现在，偶尔肤浅一点好像更容易快乐。装深沉已经过时，无病呻吟已经没人理会。直接大胆地说出自己想要什么，若能拥有就是万万岁的快乐。

以前喜欢"喝鸡汤"，现在喜欢"白开水"，营养过剩也不利于健康。我们在社会中生存，就必须承认和接受社会规则，然而我们经常自相矛盾。成功有时就像谜语失去了谜底，人人都声称自己找到了答案，但谁也未能真正猜中。事业与生命、理想与现实，复杂的人生充满了神秘感，有时候我会觉得虚无，甚至认为它荒诞，可无论如何，谁都逃离不了生命。就像我们害怕死亡，却终要面对死亡。

我是一个用文字来解构生活的人，写作的人大致分为两类：有些是可以被模仿、复制的；有些却是不能被模仿和复制的，我一直在向后者努力，创作与生活结合得越紧密，越能领悟生活，熟悉人性，越能在创作时不加入自己的主观意见，不干涉客观事物本身，让它自己陈述出来。在一部很扭曲的作品里透露出来的孤独、恐惧，都由文字自己衍生，与我无关。有那么一刻，我愿意迷失在生活里，但我永远在写作中保持清醒，人就是这样单纯而又复杂。人的思想就是这样，有时很平常，有时又极易引起自我争论。

无论轻浅的自我探索，还是沉重的自我讥讽，无论是生活里迷失，还是精神里放逐，关于自己的一切，都要反复地思考。人总是习惯于直接接受事物，而不去思考为什么要这样做。迷失，有时就是开始思索的一个暗号，这样的自我修行，关于你，也关于我。

九份的雨

平安夜,我在台湾,九份。

知道"九份"这个名字,因为我所喜欢的宫崎骏。这个具有童话色彩和历史风韵的小镇,用一场大雨迎接我的到来。

烟雨朦胧中的空中之城,环山面海,它清净却不悲情。独特的山坡和阶梯式的建筑景观,颇具日式风格。我一步一步走进《千与千寻》的世界。

这里的感觉很特别,像是隐于凡尘的小小世外桃源。它热闹,却不令人厌烦;它宁静,却不让人寂寞。这里的人们生活极为规律,日出而作日落而息,商铺都是早早地开门,傍晚就歇业了。白天老街里如同集市一样,人群接踵而至,到哪儿都是拥挤。夜晚,九份静下来的味道,就像陈年老酒,让人不知究竟醉了几番。

滂沱大雨,冲刷的不只是湿透的衣襟,还有一颗被世俗腐化的心。在这里,静、净。

我一路撑着伞去寻找传说中的阿妹茶楼,据说是汤婆婆所经营的浴场的原型。看着墙上的无脸男,不免想起他对千寻说:"我的金子只给你。"在茶楼里,沏一壶清茶,仿佛自己就是故事里的人,看眼前一帘纷纷的雨,像是在邂逅谁笔下的人生,用一盏清茶洗去纤尘。

慢慢地也跟世界各地来的游客一起吃吃茶点,聊聊见闻。

在这里,南来北往的人都是路人,相逢相知何必相问。

阿妹茶楼十点打烊,淋了一身雨的我,衣袖都能拧出水来,干脆将雨伞收起,大摇大摆地走进了雨中。

许多人说,青春是一场大雨,即使感冒了,还盼望回头再淋一次。

这一次不惧感伤,我们的人生径直向前、风雨兼程。

在童话的世界里,大雨浇在心头,酣畅淋漓。

选择自己喜欢的方式,去感受青春这场大雨,大概是年轻时最浪漫的事了。

绿岛小夜曲

人生像是一杯黑咖啡,香、甘、醇、酸、苦五味俱全。

从现在开始,请学会加奶加糖。

我们无法操纵时光。我坐在城市中心的某座咖啡屋里,透过玻璃屋顶望见广袤的天空,天空一角像是斑驳的旧墙,它满脸的沧桑证明了时光永不回头。我们能做的就是在它逝去的一点一滴里,将每一分钟过得饱满而沉醉。

绿岛小夜曲,不是那首款款的情歌,而是一杯特制的咖啡。这座飘着淡淡奶香和酒香的日式老屋,相传80年前曾是一位日本摄影师佐佐木八二郎的家。这位已故的摄影师没有留下什么传世作品,却留下这幢带着淡淡风韵的老房子,屹立在静谧的小巷。

现在的老板是一个建筑师,一楼是开放的咖啡空间,屋内可以清楚地看到天花板的梁柱和楼板,木质结构的老屋呈现出沉稳素朴的基调,陈旧却味道十足。墙上挂着几幅黑白的摄影作品,很有年代感,让人有种追根溯源的冲动。

二楼是老板钟永男的事务所。这种正副业兼顾还烘焙一手好咖啡的男人，是玩音乐的姑娘的王子，音乐与咖啡天生就要相恋。

这家咖啡店的咖啡品种非常丰富，埃塞俄比亚、肯尼亚、玻利维亚那些看似远在天边的名字，在钟永男的烘焙下变成满足味蕾的馨香。

有人说，咖啡因子会让人兴奋，而我却觉得它让人安静。细细地品，有的咖啡入口温润绵密，顺滑细腻得像一缕无丝的秋风，所以会一口接一口停不下来。人们总会被可口的东西吸引，这是天性。

我们都是好了伤疤忘了疼的人。人对伤痛的记忆有限，却对美好的记忆无限延长。青春是奔忙的，我们任它流走，留下颠沛流离的伤。我们没有时间思考伤疤是否坚硬，我们要的只是学会不再依赖别人给的铠甲。

听一曲情歌，来一杯"绿岛小夜曲"，喝咖啡，也会醉。

你可知Macau

我一个人看书写信，一路走走停停，走到了这里。

澳门在我印象里，是儿时教科书上的"莲花宝地"。长大以后，它成为我每个假期要去兜兜转转的小城。小，但是五脏俱全。我喜欢这个有着历史风尘的老城，喜欢它霓虹灯后被洗练的古老容颜。

这里的人，生活节奏很慢，生活品质却很高。他们不慌不忙、秩序井然、有礼谦让，不禁让人生出好感。老城区沿街开着各种小店，生意做得漫不经心。大家都是家常式的打招呼，可能由于地方小的缘故，大家都像邻居似的，所有人都不喜欢咋呼，就连游客众多的大三巴、小吃店里，人们也是斯斯文文的。我喜欢这个有信仰的地方，尊重文化的多样性。你可以在老巷子的冰室里品一杯葡式咖啡，冷热交替地泡在慢时光里。

澳门，白天像个端庄贤淑的小家碧玉，夜里却像个激情热辣的异国舞娘。几乎每一个酒店都有一个大型的娱乐场，谁让它是"赌城"

呢。未满二十一岁的我们被保安无情地拒之门外，于是我和伙伴就在酒店门口的甜品店，安静简单地享受美食。

　　从赌场里走出来的人，有一个特点，他们脸上的表情足以说明搏杀的结果。这样的战斗很简单，只有"输"和"赢"两种结果。这种跟钱有关的游戏，就像钱币一样，只有正反两面，赢就赢，输就输，没有分不清楚的模糊地带。看到好多赌红了眼的人，在赌场丧失理智。当那些标了数字的筹码从下注人眼前被大把夺走，你就能看到人性的丑恶。赌局也是考验人性的东西，要做一个玩得起也输得起的人好像并不容易。所谓"赌博"也是一种游戏，人生在世每件事物都有它的游戏规则，要去触碰它，就要提前做好心理准备。存在就会有竞争，有人占上风，就意味着一定会有人一败涂地。心态很重要，毕竟我们要认真地去对待自己，明白自己想要的结果是什么，当感觉到自己与理想大相径庭时，就要理智地思考自己在干什么事。很多人在赌博中输得一穷二白，依旧幻想着自己可以翻盘一夜暴富。跌进了深渊，赌神也不会来救你，看不清楚时，离场才是正确的做法。

　　中国人有一句话叫"事不关己高高挂起"。看着那些在金碧辉煌的迷宫里，昼夜不分找不到出口的人，我们只能给一个冷漠的眼神。还是走街串巷、看看演出比较适合我们这样散漫的小姑娘。我在历经四五百年沧桑的妈祖阁前，看着络绎不绝的前来祈祷的人，深切体会到所有华人割不断的情感。

　　澳门虽是一座多面的城，但我最喜欢的是它五味俱全的生活，那份平民化的怡然自得。

人和事

有一件很浪漫又很可笑的事,有一个朋友明天要结婚了,今天她跑去找那个喜欢了很多年却不敢向他开口表白的人,问他:"如果当年我主动追你,明天娶我的人会是你吗?"对方回答:"不是。"她头也不回地走掉了。她曾想过一万遍假如当初她勇敢一点表白,他们在一起的样子,可她从来没有想过自己勇敢表白对方却并不接受的结局。于是她回来对即将和她步入婚礼殿堂的先生说:"谢谢你曾追求我。"得不到的永远在骚动,恍然大悟才发现,原来在你身边的人才能让你有恃无恐。

有一件很现实又很向往的事,巴菲特的传记只会记载他八岁时就去参观纽约证券交易所,但是不会记载他的父亲是国会议员,当时是高盛董事带他参观的;比尔·盖茨的传记只会记载他从哈佛大学辍学创业,但是不会记载他的母亲是IBM的董事,动用权力为他带来了"第一桶金"。我们看了太多名人的传记和成功学语录,在盲目崇拜的同时容易忽略一件事，站在时代巅峰的人才能书写历史。不可能一百个人用同一种方法这一百个人都能成功，也不是说出身有多好就能走多远，而是不论何时我们都应该学会借力使力，化资源优势为经济优势。

有一件很鄙夷又很值得同情的事，小时候我们如果不小心跌倒了趴在地上哭，妈妈一定告诉你："不要哭，擦干眼泪自己站起来，要做一个勇敢的人。"于是渐渐地我们再跌倒之后就学会自己坚强地站起来，拍拍灰，然后继续前进。而现在，经常能看到一些成年人，如果不小心跌倒，就会各种自拍，然后配上很沮丧的话，传到社交软件各种求安慰，一边嚷着自己有多痛，一边说："没事儿。"如果真的没事，自己闷哼几声不就过去了。因为越长大越孤单，小时候受了伤，全家人都围着你转，长大了受了伤，也许没有人会那么关心和在乎，因为大家长到这个岁数，谁没跌过几个跟头呢，就你疼？我们都是肉体凡胎，谁也不比谁少一点知觉。

有一件很普遍又很奇葩的事，一次朋友聚会上，一个刚创业不久的学长说："我准备买车了，大家有什么推荐吗？"于是我们从性价比、品牌设定各方面着手帮他分析，给他推荐。结果他全部都否决了，越野车怕太高，跑车怕剐底盘，电瓶车怕热没空调，自行车怕累太费劲。最后我们给他推荐了"跑跑卡丁车"，既能过瘾又不烧油，还格外省钱。总有那么些人总是高不成低不就的，什么都看不上的结果就是什么都未拥有。

这个社会是由人构成的，每个人都有一根脆弱敏感的脑神经。我们永远都在经历着事情的发生、发生、再发生。我们不停地在爱与被爱之间辗转，在想象与现实间抽离，在过去与未来间穿梭。后来我们经得起谎言、受得了敷衍、忍得住欺骗。再后来，遇见什么事都不觉得稀罕了。看到那些比自己优秀的人都是这样地走过来，我就不惧怕艰苦了，因为他们打败了挑战之后，都在熠熠生辉啊。其实人这一辈子，就是一个过程。

他上了上海

真正爱上一座城市，从来不是因为它什么好吃哪里好玩，而是因为某个时刻你坐在车里望向窗外，突然感受到疲倦与温情的那一瞬间。树影碎金，星辰天落，长路有灯火。

上海下了一天的雨，我在猜测雨什么时候停。而他却说，夜晚雨后就看不见彩虹了。

他是我遇见过在上海活得最像自己的人，逸尘，仿佛有些一尘不染的意思，名字和人一样干净洒脱。每次去上海我都会和逸尘小聚，他看上去总是那么无忧，而且他总是能在不经意间说出许多很有哲理的话教会我成长，也许是他比我年长了几岁的缘故，云淡风轻的那一句闲聊好像都能把我的人生拿捏得刚刚好。

我站在南京西路的路口，大雨滂沱。手机震了一声响，收到一条简讯："下着大雨，雷电交加，想到你不禁笑了出来，没带伞的你一定也打不到车。"于是我的面前就出现了一台计程车，车窗摇下来我就看见了熟悉的他。有时候，朋友不管说了什么总有什么说不出，而做了什么就会让人很温暖。

逸尘是一个服装设计师，对审美的要求比较高。我每次都夸他："人群中一眼就能找到这么特别的你。"他会很撒娇地告诉我："不屑与他人为伍，却又害怕自己与众不同。"你看，就是这么有底气的小傲娇，明明有些任性，却又让人觉得不无道理，这大概是我认为他有趣的原因之一吧。

一年前我们一起在外滩，他说："微风拂面，听着小曲儿欣赏上海的夜景，不由让人心生感慨，人生太美好，幸福的甜味就是百利甜。"而现在，他说："曾认为幸福的味道是百利甜，快要品不出那股味儿了，幸福的百利甜啊，我再也不想喝了。"

日子每天二十四小时一循环地前进。回过头去看一年前的自己，喜欢什么，顾虑什么，骄傲什么，忧虑什么；再看看现在，你会猛然发现，命运竟是在一路狂奔。我庆幸，他始终是笑着的，哪怕不情愿，也不让自己悲观生活。

很多人说上海是一座容易让人迷失的城市，可它又充满魔力。有人喜欢它，因为浮华，因为虚荣；有人喜欢它，因为成长，因为磨砺。在上海待久了，眼睛也会变得有毒，看人的功夫会越来越厉害。他也和我说过："那种套路是你学学就能会，长点心就能躲过的。"是，万种风情的上海，火树银花的不夜天，是享受，是迷惑，是无奈，取决于你自己如何对待。

然而这一切流光溢彩的背后，是每个清晨上海拥挤的地铁或公交，在混杂着各种味道的肉体中夹缝求生。作为一个异乡人，与合租同伴蜗居在一个个寂寥的夜里，那些小酌怡情的洋房不属于你，直蹿云霄的摩天大楼俯视你，哪怕是轻轻一瞥，也要付出无数奋战的日夜。

这就是上海，妩媚、优雅，可它不会眷顾任何一个没有故事的人。

我很倾慕他在这个偌大的围城里，还是一个马卡龙般的男孩儿。摈弃了风尘的手，继续唯美的行走。就算风吹乱了头发，却也是疲惫中唯一一点潇洒。

晚安台北

或许是生来就缺乏安全感的孩子，夜里总要留盏灯，希望连梦境也要被照亮。

我喜欢独来独往，喜欢一个人平静地看世事纷杂，喜欢一个人面对阳光笑得纯粹，然后偶尔意外地出现在游人的镜头里，到最后发现自己是一个神经且神奇的人。

今天是台北放"连假"的日子，作为懒得出奇的人，我依旧待在宿舍，啃着屯了多日的干粮，看着没有营养的肥皂剧。我是非典型白羊座，喜欢独居，不喜热闹。下午三点，我的室友们跑步回来之后，我的世界就瞬间打破宁静，开始嘈杂。

"吉儿，楼下有一个卖手工猪肉饼的男生，好帅！简直是我的流川枫！"天秤座的室友花痴状地嚷着。

"哦，好吃吗？"我不冷不热地应着她。

回头看一眼，居然发现她点头点得像捣蒜一样……

水瓶座的室友直接将我拉下了床，打开被我"尘封已久"的窗帘，金色的阳光洒在窗台上明晃晃的，也是可爱之极。可是我们并没有看到"猪肉少年"，兴许是一个人嫌天太冷，走了。

说也奇怪，今年台北这又长又慢的季节来得有点早，虽然带着凉意，看着宿舍楼下端着热奶茶聊天的同学，也觉得他们冷得好快乐。

水瓶座室友一边弹着乌克丽丽一边说："难得大晴天，咱们去淡水老街吧！"说完指着阳光照射的源头。我不敢抬头看，因为这世界上有两种东西不可直视，一是太阳，二是人心。

肥皂剧追了一半，马上就要上演女主角倒追男主角的狗血剧情，我自然不愿离开，假装没听见，继续啃薯片。室友却很故意地到我面前大喊："吉儿！我们去找蒲公英的约定！"说完还挑了挑英俊的小眉毛。

"嗯，纠结伦吗？哎哟不错哦！但是，改天吧！"

"时间匆匆如流沙，哪有那么多来日方长！"一向话少的天蝎少女不知从哪里冒出来。在三人的极力拉拢之下，我只好举了白旗，换好鞋，套了外套，被她们"牵"出了宿舍。

听说爱笑的女生运气不会太差，果然出门就有计程车。习惯性地坐了副驾驶，司机张口就说："你一定是大陆来的对不对？""嗯！您怎么知道？""因为台湾人很少有人计程车坐副驾驶啊！"台湾的司机大哥都很幽默，也很能聊，半个小时的车程，从诗词歌赋谈到了人生哲学。

来到淡水老街，就像看到了先民的生活一样。老式砖造的店铺，坐落在楼房间的数座老庙宇，老街随着蜿蜒的淡水河一路延伸，慢慢走进街巷，台湾人的旧时光就体现得淋漓尽致。

我是个怀旧的姑娘，喜欢旧的故事，喜欢具有年代感的东西。听这里的居民说，以前淡水港很发达，随着基隆港的崛起，这里才渐渐落寞。老街不是很宽，两旁停满了机车，许多商店一看就是老字号了。走走停停看到一家老钟表店，很不起眼的店面却让我兴奋地冲进去，瞧了个究竟，这么有沧桑感的小店，在老街里显得别具一格却十分有意义。我很喜欢怀表，看着它指针不停地转动，就这样转动了一个时代的变迁。我们最惧怕的就是时间，而它却陪着时间走了好久好久，好长好长。

室友们都是好奇心重的姑娘，尤其是这夜幕降临的时候，熙熙攘攘的人群摩肩接踵，挤挤挨挨的小店都忙活不过来，可是三个姑娘依旧热情似火地探索着每一家店。我们逛了一路，也吃了一路，淡水有名的阿妈酸梅汤、阿给、鱼汤丸、铁蛋还真不错。除了吃食，这里的小店也各不相同，有雅致，有俏皮，有温馨，有风情。

我们一路走走停停，三个姑娘都兴奋得大叫，只有我安静得像个看客。其实我心里也是欢喜的，只是习惯了一个人的沉醉。天秤座的姑娘果然追求完美，好街好景好人儿，也该应景地找个地儿聊聊天说说地，弹弹琴说说爱。

在两条街道的拐角处有一家咖啡店，我们一人要了一杯珍珠奶茶，开始了我们女生的私房话时间。

"吉儿，你一直都这么淡定的吗？"我应该谢谢她这么客气，没有说我面瘫。"没有,我只是不太喜形于色,但并不代表我波澜不惊啊!"难得跟她们打趣儿,天蝎姑娘主动揽起了我的肩膀:"要不要来一瓶红酒?"看着她们三个真诚的模样,我有些感动,这次不再拒绝。也许是酒精作用,我们分享了许多青春里不能说的秘密,有遗失的稚气,有对未来模棱两可的期待,有多少?多到没有思绪。以前我总以为除了你自己,没有人会明白你的故事里有多少快乐或悲伤,现在才知道一晌贪杯,知己两三,如果再去抗拒,我怕辜负了这温柔时光。

后来我们都忘了怎么回去的,也都忘了彼此说了什么。

人生那么短,好酒要喝完,还有未来在。

那一夜,我们四个,打着地铺互相拥抱,在这静谧的夜,陌生的城,偌大的房子,安暖相陪。我听到她们在我耳边呢喃:"晚安台北。"

那一夜,我熄了灯。

乌镇

梦里水乡，来过便不曾离开

乌镇秀丽得像个姑娘，来这里的每个女孩都穿得跟仙女儿似的。于是我也应景地买了身麻料的长裙，试图融入这个温婉的江南水乡。由于我和同伴是下午来的，人还不多，日头刺眼，走着走着就乏了，也没觉得乌镇相较于其他的古镇有何特别之处，无非就是多了一条河，河边多了几棵树，树边多了几户人家。原想吃了晚饭就"打退堂鼓"回客栈歇着，可是当我们在古街吃了晚饭出来，才后知后觉发现这个小镇的韵味。乌镇的灵魂要在夜晚来才能感受到，夜幕降临的时候才是它呢喃说话的时候。泛黄的水上集市，碧绿的河水分不清楚荡漾着谁的笑容，船家站在船头朝岸上的行人挥着手吆喝着，沿着河岸林立一座座小酒吧。如果丽江多情，那么乌镇是让人痴情吧。它给人的感觉太纯粹。写到这里，我们走到一家叫"老树林"的酒吧门口，不知名的乐队唱着知名的《新不了情》,倒是唱进了人心里,至少那一秒我们都不约而同地驻足。今天不是情人节,而我们都是有情人。

向来缘浅,奈何情深

还是小桥流水人家,还是青石板路。昨天走是寻觅,今天走是回忆。我是一个喜欢逛古玩店和旧书店的姑娘,喜欢怀旧,喜欢被历史尘封的玩意儿,所以我总能在旅程中交到一些忘年交。今天认识了一位古玩店的老板"针尖大哥",他是一个地道的乌镇人,说话有趣,得知我喜欢古书,戏说送我几本康熙年间的册子让我开开眼。午后坐在西高桥边看着小娃娃坐在河边喂鱼,看着蔷薇花簇拥着一道道古墙,看着自己的倒影,突然也有些陌生。今天的乌镇风很大,吹得裙摆飞得老高,吹得发丝儿缠绕到一起,吹得我匆匆离去。小感不适的我,告别了同伴,先行回到客栈,坐在客栈里和老板娘兴致勃勃地聊起来,她给我讲了许多的故事,她告诉我形形色色的人和事,跟我分享了许多我未曾听闻的东西。我们聊得忘乎所以,一直大声地笑,好像在说我们自己一样。我们都喜欢听故事,而我却时常有点害怕写故事,因为我怕我做不好这个写自己故事的人。倒是有些羡慕她故事里的那些自在的姑娘,痛过、爱过、洒脱过、挣扎过、追求过。借你一段如莲时光,哪怕将来加倍偿还。

影子情人

一阵暖风缓缓地吹过，一片叶缓缓地划了一道美丽的弧，落地。

我望着叶，陡然一种如释重负的感觉。

你是我心底的影子情人，我懂，你不懂。

回忆是用来舔舐伤口、平衡伤感的。

也许是缘尽了，我们各走各的路，我经常抬头看看天，想着，云儿与蓝天终究不能够长相厮守，是由于风儿的存在？其实很多时候，我都在离你一个转身的距离，守望着你的幸福，虽然有些孤单，可我知道，一个转身，就注定了一辈子的分离，缘分就在那个瞬间逃走了。生命是一种旋转，既自转又公转。

这种感情，像手心的阳光，唯有摊开手掌，才能让阳光洒满于心，浸入肌肤的每一寸，一旦想把握，慢慢地小心翼翼地握紧拳头，它便从指缝间悄悄溜走，只留下漆黑一片。

在我的记忆中，你曾经来过，仿佛那段岁月很长，可是相较于一辈子，又显得那般短暂。我曾经想象，和你在一起的日子是那样暖洋洋，暖到心窝子里；可如今没有了太阳，我的天空是深沉的蓝色，璀璨夜空，这深沉的蓝色也是我日趋成熟的思想，偶尔会有星星闪烁，那便是我从未触及终点的回忆。

如若有一天我再偶遇你，我会将往事都扔进风里，然后静静地微笑，一如你当年送我的那抹阳光。

给最该疼惜的自己

别太瘦

现如今的审美标准与择偶方向，着实让人有些看不懂。男生经常说喜欢素颜的女生，其实是喜欢素颜并且长得好看的女生；男生说喜欢"吃货"女生，却喜欢的是爱吃却怎么也长不胖的女生。

二战之后全世界的女性地位有了显著的提升，男女平等的思想也随着社会发展日趋实现；但在不知不觉中，随着社会的畸形化发展，大众审美的标准也变得有些不健康。女生们流行着这样一句话：好女不过百。似乎身高与体重只有成反比才是美女的标准，甚至还出现了女神体重标准，例如可以反手摸到肚脐、可以用手肘按到转发键等。

网络上总是跟风盛行，娱乐明星的号召力往往比百科全书来得快。一些不正确的意识传播速度堪比"光速"。某明星说过一句"要么瘦，要没死"的话，好像胖子就没有生活的权利一样。还有人说"拍照脖子以下全是腿"，若真是这么夸张，人类可能都变异了。有的公众人物通过地狱式减肥变成纸片人，美其名曰为了工作，以日益消瘦证明自己的敬业，从而博得粉丝的追捧和同情。瘦成竹竿，难道真的美吗？

美的方式不只有一种，而许多女孩子健身也不是为了迎合某种标准，只是为了锻炼身体，仅此而已，没有马甲线不是一种屈辱。这个时代对女性的要求很高，可绝非是一张瘦脸和干瘪的身材，这些被媒体误导的价值观念，不知到何时才不再残害少女们的身心。

肥胖是一种病，体重超标会带来很多麻烦的事。特殊不代表普遍，并不是所有人的体重都超标。很多偏瘦的姑娘却在减肥的路上舍身忘我的奋斗，节食，吃减肥药，甚至还有人想去切胃。总之，为了瘦，无所不用其极。你能想象到的，你想象不到的，都会出现在减肥这个问题上，一再刷新我们的"三观"。

什么样的姑娘最美呢？大概是那些顺其自然、不胖不瘦的女孩子吧。有内涵、有素质、有目标、有修养，一定好看。什么锥子脸、筷子腿、A4腰都不应该是评判一个人好看与否的标准。任何人没有权力用严苛的态度来批判女性的外貌，甚至用政治眼光来定义女性的美丑。应从根本意识上拒绝这种虐待式的洗脑，"励志"这么优秀的词语怎能置于残缺的审美意识中。

无论岁月是一把杀猪刀，还是一把美工刀，我们都要正确看待，积极面对生活。喜欢自己的一切，珍惜自己的特别。无论胖瘦都可以穿自己喜欢的衣服，见自己喜欢的人，就算你是个胖子，也请你做一个有尊严的胖子，用内心的正能量让自己成为更好的人。因为愚昧的观念而瘦身的人，不过是个营养不良的个体，没人会去关注。

打败你的从来不是天真

在通往成功的道路上,有人光着脚谨小慎微,战战兢兢,生怕掉进路边不起眼的陷阱。有人运气好,捡到硬实的皮鞋,踏过坑坑洼洼的土路,大摇大摆地向前走。还有人,穿着华丽的水晶鞋,坐着飞机直奔目的地,他们一开始就是人生赢家。我们是盼望着长大后用双手撑起身边人幸福的光脚的孩子,却又害怕长大了被尔虞我诈摔得站不起来。

我有过灰头土脸不敢面对自己的时候,这是我拼尽所有的努力也无能为力的时候。曾经我们都以为,努力最大的意义,就是让自己有能力随时跳出自己讨厌的生活。后来发现,你始终陷在生活里,你讨厌或喜欢跟它一点关系也没有。人一开始初露锋芒的时候,有人诋毁你,你会害怕、心塞,等你受过了重重击打后,你会发现诋毁本身也可能是一种仰望。后来,你在职场上看着各种不尊重专业、各种无下限的事,你什么也做不了。你做不到喝酒卖笑,做不到在虚假材料上签字。酒色财气，你一样也不行。于是你开始思考，到底还能为自己做点什么呢？想来想去，那就对自己好一点吧。

一个有钱却得不到爱的人，会觉得钱没用；一个有爱却挣不到钱的人，会觉得爱无味。现在遇到自己喜欢的东西，能力范围内我会买。因为我们已经很难遇到喜欢的人，何必还为难自己不去买喜欢的东西。即使遇到你喜欢的人，他也不一定喜欢你。而喜欢的东西，只要你掏钱它还是可以属于你的。在工作中我们必须铆足了劲去解决一个又一个的麻烦，在生活中，我们就轻松一点去满足一下自己的小心愿吧。

有时，我们会在同一件事上跌倒两次，当第三次跌倒时，你怀疑的就不只是运气，还有你的智商。其实还好，只要你的心是自由的，每一次整装待发的重新开始，在这年少的岁月里都不算晚。我不喜欢乱倒苦水的人，也不喜欢喝得烂醉的人。在你还能后悔的年纪里，就要学会美丽且洒脱。有人想一夜暴富，做着灰姑娘的美梦；有人想一夜暴瘦，变成芭比娃娃一样的好身材。而我以上两种都不想。我只想慢慢地让自己变得越来越强，最后势不可当。有人说我"你的想法很傻很天真"，可是我倒觉得至少挺正经的。

每个人的性格里都会有让人无法接受的部分，不论你是温柔如水的双鱼座，还是完美主义的处女座。看上去再美好的人也一样，我们在人生里不能苛求的部分，就是除了自己以外的部分。你可以在自己的世界里野蛮生长，可是到了这个所有人共生的世界，先学会妥协才会不吃亏。

小的时候看见附庸风雅的人会嗤之以鼻，长大了才明白这种社交礼节在全世界都适用。很多时候我们不是为了逃避生活，而是为了不被生活所忽略。那些不尽如人意的事就看淡一点吧，就算从前打败你的并不是天真，而是无"鞋"。

孤独是自由的副作用

当我们颓废到一定程度的时候,就会觉得心很累;当我们被某种东西所羁绊住,重金属摇滚都已解救不了的时候,往往会想一个人清静清静。"烦恼"这个词在某种学说里被称作"酒精缺乏症"。

有些人总是一个人生活,因为嫌两个人麻烦,人一多生活就会杂乱得像一锅粥。他们不相信蔚然成风的两小无猜,也不相信喜欢一定就要拥有。遗世而独立,则不必顾忌别人的感受,也不必担心别人顾忌自己。这样许多烦恼皆可省去,自己宁愿渐渐消失在亮着华灯的街道上,也不愿意找个人表达自己不对的情绪。当有一天,你以为这就是你的自由,同时你也会晓得,这也是孤独。

这些人不缺同类,缺的是面对寂寞的能力,拥抱孤独的勇气。真正的孤独,不是一个人远离尘世喧嚣,而是在滚滚红尘中,做最想要的自己,过自己向往的生活,不畏流言,不惧世俗。然而我们每个人都必须明白,这个世界不会是你臆想的模样。每一个孤独的人看上去都何其矜持,其实也不用那么矫情。只有频率相同的人,才能看见你内心深处不为人知的优雅，我们在你眼里都是俗物，都读不懂你这种纯粹的人。

你说向往自由，像鸟儿一样。飞遍全世界你想去的地方，遇见很多新鲜的事情。可你依旧是一个人，每一站停靠，每一站起飞。你的自由是在欲盖弥彰，你在人山人海里边走边看，不知心又飘到了哪里。

有一天我问："自由的你会痛苦吗？"你说："我只是享受独处的便利、专注和乐趣。"好像也是，我们总是浪费太多的时间在一些无谓的事情上，结果却不并像预想的那样有回报。有的人总说自己是不求回报的人。总会有的，你也总会求的。说不，只是一种把自己拔高而偷换的概念而已。虚伪的人情世故太多，孤独反而清新自然。原来这个世界上真的没有绝对的坏事或者好事，有的路必须一个人走，不是孤独，是选择。

有人爱大风和烈酒，就像孤独和自由。不是真的喜欢安静、孤零零的一个人，不过是不喜欢失望。孔乙己总问："你可知道'茴'字有几种写法？"那就是他的孤独，在多数人的不解中渐行渐远。

自由的人害怕有同伴，因为害怕分手的瞬间，自己放不开的手和忘不了的执念，就像钱钟书先生所说"从今以后，咱们只有死别，不再生离"。当所有的心情在心里发酵，总会熬过去，所有的偏执变成一潭死水，晒干了也就不见了。再热烈的人情与世事不再过分思索，这就是自由的副作用，冷暖自知，或者不知。

自由不可怕，那是一种自我释放。可自由成了瘾，那就是毒，根本没有解药。

嗨，从前的自己

青春若有张不老的脸，我打赌那一定是一张肉脸。时间告诉我们，说过的话不可以不算，身边的人却不可以一换再换。

人总说每一年的心态都是不一样的。没毕业的时候，我们都很羡慕那些聪明人，他们善于交际、处事圆滑；就业以后，我们却很喜欢那些傻子。傻傻的信，傻傻的干，傻傻的挣了不少钱，而那些投机取巧的人，精明的算，精明的看，最后却成了穷光蛋。再后来，我们宁愿做一个执着的笨蛋，也不要做一个聪明的傻瓜。

可人生总是充满很多可笑的变化，你现在很讨厌的自己，未来你一定会非常喜欢。

从前我很讨厌自己，习惯理性，习惯冷静，一副满不在乎、没事就装清高的死样，后来我才知道，适度的自私和伪装都是正确的，因为这世上没有那么多的将心比心，你一味地付出只会让别人得寸进尺，人生那么短，还是要让自己活得快乐。

从前谁对我好，我就对谁好；谁疼我，我就站在谁那边；谁记得我的好，我就会加倍对她好。以前总有人说我傻，后来我真真切切感觉到，世界那么大，知己两三个，那都是拿命交的，因为这世上有太多说不清的是非对错，每个人都很忙碌，只有那么两三个人，是永远站在你身边，陪你同仇敌忾，陪你彻夜聊天。

从前我喜欢学些有的没的，同龄人都不爱的东西，也曾经被朋友揶揄"难道不觉得很无趣"。直到有一天我们宿舍来了一个修灯管的电工，我对他说那是并联线路多绕点线，同为文科生的室友听了以后一脸惊讶，惊呼"你怎么会知道"，我则笑而不语。我曾经为了增强记忆力而去背物理公式，自然分清了串联线路和并联线路。如今的我可没有时间去背物理公式了，可积累的学识还是会被生活所用，保不齐在哪一件意想不到的小事中就能用到。

生活就是这么的烦琐，从前的自己是我，现在的自己也是我。以前总以为人生最美好的是相遇，后来才明白难得的是重逢，遇见从前的自己要说一声谢谢，是你让我活成了现在的样子。

回忆——梦

有车随时光疾驰的声音,有慵懒的猫叫。

泪水被安然的风吹干,消失得无知无觉。

不小心窥探到了夜的面容,我望着满目漆黑,难以成眠。

回忆起刚才的梦,印象空洞。空洞,不代表无梦!

索性将灯打开,温和的鹅黄色的光让我邂逅漆黑,怔怔地看着熟悉的、棱角分明的空间。

轻轻地推开窗,风悄悄进来,撩拨我的发。

只有在半夜的时候,才会进入某种状态。喧嚣的街道,匆匆的人潮,鳞次栉比的高楼,漂浮空中的暧昧,逼得人搅混虚幻与真实的疆界,朝未知出逃!

我们总想在梦里遇见某个人,袒露情感。可我们不懂一件事物消失的方向,既是一个瞭望的窗口。因为那无法丈量的距离,我们不能长久伫立,夜里无法守望那枯瘦的过去。我们无法思索是在回忆梦中的情景,还是在梦里踌躇前行,因为我们都是凡人。

女人半边天

我曾在翻看家里的旧相册时发现这样一件有意思的事。在我奶奶一辈人的照片里,女性的装扮大多是齐耳短发或在耳后梳两个长辫,衣服穿得特别干练精神。那时的女性拍照时喜欢穿衬衫、军装,显得自己特别硬朗。对比同时代西方女性的照片,你会有截然不同的发现,她们喜欢突显女性特征来展示自己的美,华丽的衣着,复杂的发饰,将自己的女人味散发得淋漓尽致。但我还是喜欢看奶奶一辈人年轻时代的照片,有一种延伸至我们血液里的精神,那是属于中国女性独有的柔中带刚的精神。

新中国文学史上有一个特殊的文学时期,被称为"十七年文学"。这一时期的文学作品,塑造了许多普通却不凡的劳动女性,诸如女拖拉机手、女工人。这些女性形象现在看来大都不像女人,在劳动问题上她们常常对男人愤怒地说"你们能干的,我们同样能干",她们不以女性之美为骄傲,只想与男性一样参与社会建设。这一时期的文学作品虽然带有浓重的意识形态色彩，但也不失为一个了解当时女性思想的窗口。那个时期的女性，逐渐摆脱旧中国的家庭束缚，渴望成为新中国的建设者。所以，经历过那个时期的女性，在照片中留下了干练、强劲的形象。

中央电视台曾有一档节目叫《半边天》，其中会讲述一些已婚女士为人妻为人母的故事。女子本弱，为母则刚。我个人一直不太喜欢"妇女"这个词，在我看来，女人不管在什么样的年纪，只要有一颗甜蜜柔软的心，就会一直是少女。不想用年纪去衡量一个人的生命阶段，女人的成长是豁达心态、前卫思想、科学观念三者的和。

"女人"永远站在世俗争议的中心成为讨论的话题。现代女性越来越睿智，不会再做卑微的朝圣者，去祈求命运给自己多一点的际遇，去遇见一个好男人来托付终身，不会再央求谁给自己多一点公平的对待。我们学会了投资自己，将自己调整到最好的状态，自然会有最好的人来爱你。现实社会教会了我们一个道理：只要自己变得优秀，所有的一切都会好起来。我们越来越会爱，越来越会主宰自己的生活，也越来越幸福。人生没有捷径，有一半的天，还是要自己撑起。

我很好，那么你呢

每一个相信命运的人，都曾认命过。然而，我们常常说着能量守恒是宇宙定律，这个世界上永远没有平白无故的得到或失去，任何事物都是对等的，没有人会特殊。

人生的旅途中，来去匆匆的人，也许牵手走过，最后各怀心事；也许到了分岔路口，潇洒地挥一挥手，才是成年人最完美的告别方式。你若安好，我便退去。不是不愿做你的浪花，而是你需要更汹涌的浪潮，旅程不同，目的地也不一样。读不懂心事的人，即使就在对面坐着，也没什么可以依附，不能重视彼此的真心，那就道一句"珍重"，各自安好，互安天涯吧。有的人，放弃，就是放过自己。

有的人需要的不是励志，而是觉醒。醒醒吧，你以为不努力就可以成为人生赢家吗？你以为上帝为你关上一扇门的同时不会有一条狗跑进来吗？你以为"慵懒"在二十几岁的年纪里真的是褒义词吗？你以为无尽的等待就能让一切你随心所欲的期待如期降临吗？有的时候，不如跳出来看自己的人生。觉醒，才是成就自己。

　　人赤裸而生，构成人精神面貌的东西不会凭空而来。青春和美貌是你的恩赐，自信的生活是你生命格局。每个人一定要有自己的认知和审美的能力，做一个有温度、会思考、懂情趣的人，真实自然，这就是内在修养。你若想遇见良人，请记住，不是一个世界的人，不会来敲你的门。

　　每一个在你生命中出现的人，都是风景，像是电影，记录在你的脑海深处。我们记忆有限，于是大脑会自动剔除那些无关紧要的记忆，留下重要的人或事。那些深刻的人让你温暖，有勇气，学会爱与自持，让你自省与成长。每一次改变，都值得感激，抱着一颗感恩的心去面对生活，生活会回馈你宽容与尊重。

　　这个世界有两个我，一个在黑暗中醒着，一个在光明中睡着。偶尔角色转换一下，去体验不一样的人生。我很好，那么你呢？

我喜欢，我讨厌

你讨厌我，我何尝不恶心你。如果不是这样，我都不知道原来自己有那么好的修养。可是冤家路窄、狭路相逢，我没有办法去降低遇见一些讨厌鬼的概率。这个社会不大不小，左右一扭头就像一个牢笼，前后一招手就是谁的老熟人。

刚上大学的时候有一个很讨厌的人，原因是在过去从未有交集的情况下，她就不明不白地污蔑我，嚼我舌根，看到我还老喜欢翻白眼。也许你会说是我太小肚鸡肠，可至今为止我都没有去哪里点名道姓说点人家的是非。果然，不同的人面对伤害，回击的方式不一致。我不用自己的涵养去挑战你的浅薄，但是我用自己的文字记录你的肤浅。

从前遇见对自己不公的事，也许会暴跳如雷，想要骂人。可是，是不是非骂不可呢？仔细想想，不是。因为不说话就能解决问题的人，才是理智的思想家。对于潜伏在身边的潜在敌人，最好的方式就是让他连上场跟你博弈的机会都没有。久而久之，我已经可以很平静地看待一切，因为我会告诉自己："上帝又派傻子来考验你了。"

讨厌你的人，你一般也会讨厌对方。讨厌你的而你却不讨厌的，一般遇到的少之又少。我以为在上学的时候遇到了讨厌的人只是我运气不好，其实初入社会以后才发现是自己想太多。这个世界远远超乎我的想象，对于我这种不圆滑不世故的新人，活得还有点累。以前看到讨厌的人，可以直接阴着脸一言不合就走开，而长大以后，明明不喜欢的人，却要扯着嘴角笑。假惺惺的人看多了，也就麻木了，很多事不再那么纠结，反正都是过客，还那么年轻，还有那么多的人要遇到，哪就认真的完？有时候真不知道自己这样不随大溜，是不是过于呆板。

每个人都有可能被人从背后捅入一把冷刀，这个时候你会惊诧，然后为自己愤愤不平，接着就是一大段的自我安慰。我安慰自己的时候通常这样说：我已经走在他前面了，我的光挡住了他，才会被其暗地中伤，那么对于自己最好的选择是什么，就是大步流星地前进，把他甩远！甩他一鼻子灰！我要积极地成为温暖的人。温暖并照亮世界，遇到讨厌的人还可以晒死他。

那些有着不同声音的人，我们一直在同一片天空下呼吸，这是我们在这个世界上共有的一点点缘分。成长是淡然地接受所有的相遇离开、善意恶意，所以那些讨厌的人出现，也是在给我们上课。年轻的我们常常对烦琐的事情没有耐心，可人际关系就是一门复杂的必修课。很多人花了一辈子的时间才勉强及格，也有人从小就名列前茅。

这门学问让你懂得不可能一切都如你所愿,也能教会你宽容大度。

而且人这辈子变化莫测,大概真的没有什么固定喜欢或者讨厌的东西。就比如说我从前很讨厌榴梿的味道,但遇到了喜欢的人爱吃榴梿,不知不觉也会爱上榴梿,这种感觉特别神奇。所以,珍惜你此刻的讨厌,也许未来有一天,你会喜欢呢。

习惯

如果生活是一本百科全书,那么身边的人和事就是最好的学习榜样和经验总结。

妍羽和喆友都是重点大学毕业,两个人从高中认识一直到大学毕业。在一起近五年的时间里,经历了两次分手,第一次是因为妍羽发现喆友有外遇,第二次是喆友以没有新鲜感为由提出分手。然而令人咋舌的是,后来喆友向妍羽提出重归于好的理由是:"我突然发现新鲜感不那么重要了。"

妍羽是一个单纯到有些痴傻的女孩。为何这么说?妍羽是一个安静的女孩,喜欢读书、听音乐、看美剧,生活圈子很单一,两三个知己。而喆友是一个爱好冒险、生活充满刺激新鲜感的人,喜欢赛车,喜欢骑行、跟朋友一起去野营,身边也有三三两两同他称兄道弟的异性朋友。也许你会好奇,这样大相径庭的两个人是如何走到一起,还在一起那么多年。妍羽是这样回答我的:"我们高中是同班,高中毕业的时候互相有好感，大学又是隔壁，就在一起了。"那为什么在一起那么久呢？她说："我觉得重新了解一个人、习惯一个人是很累的事，我跟他在一起也都习惯了，于是就自然而然地走了那么久。"那么喆友呢，是因为专情吗？那当初就不会出现第三者了吧。是因为责任吗？那当初也不会因为厌烦而分手了吧。就爱情的审判而言，他不是一个好伴侣；就对妍羽的爱护程度，他最多也就刚好及格而已。而这个女孩，却因为"习惯"，开始了一段漫无尽头的异国恋。

喆友去澳洲读研了，妍羽还留在本来生活的城市，一个人，像所有刚毕业的大学生一样，一面迷茫，一面努力找工作。刚分开的时候，两个人每天视频、简讯不断，好像分开了就不会独自生活了；而现在，喆友已经出去了大半年，妍羽依旧过着她平淡如水的生活，没有一丝波澜，未见一瞥惊鸿，只是，与喆友的联系渐渐少了，她说："他好像很忙。"

一次朋友的聚会，我带着妍羽一起去参加，因为她总是把自己关在家里，每天不是读书看报，就是外卖追剧，再就是等着什么时候喆友有时间空下来了，陪她说说话。我问她："你最近好吗？"她说："还是那样，他刚走的时候有些不知所措，一个人不知道如何面对生活。现在久了，我也习惯了。"

仿佛"习惯"这个词，一直在主导着她的生活，她把他的存在当成了一种习惯，她所有的一切都按部就班地进行着。而他呢，他也依旧过着他勇于冒险、充满挑战的生活。她习惯了静静地等待陪伴，他也习惯了自私地拥有。

可她却不曾想过,他是否适应她的"习惯"。

也许感情的天平从来就不平衡,不是有多喜欢你,而是习惯这种东西很可怕。

一个人的咖啡

阴雨天过得太久,晴天就变成了一场惊喜和奢求。学习、工作和生活都还是老样子,忙,也成了一种自我价值的体现。

四季总是过得很快,南方的冬天越来越长。

我们的生活节奏马不停蹄地越来越快,时间不停地敲打着自尊和骄傲。

难得空闲,才舒缓一下身心。趁着久违的暖阳,我想看看,今年和往常有什么不一样。

三月是开学季,每年这个时候,学校里就会陆续有同学拖着行李箱回到宿舍,做着新学期开学的准备。学校里有一家咖啡店,是学生们常去消遣打发时光的地儿,我也经常一个人在这里静静地坐一下午。没有约会,只为了将自己隐藏在同学们中间,感受属于大学生的消遣氛围。

黄昏时分的校园,退去了正午的炎热,阳光的浓度刚刚好,透过树叶的缝隙洒落地面。教学楼还是刚入学时的模样，只剩下毕业倒计时的钟声在提醒着我们岁月的流转。

咖啡店的老板是福建人，我们都叫他"阿诚"，戴着圆圆的金边眼镜，梳着20世纪80年代流行的"发哥头"，一派艺术家气质，性格低调，不爱说话。就像这家店一样，没有明显的招牌，只在入口处有一幅巨大的油画。见我进门，阿诚很自然地给我端上一杯抹茶拿铁，放在靠窗的位置，因为我喜欢看着里里外外的人在我的视线里穿梭。

上大学这几年，我隔三岔五就会来阿诚这里，可不管四季如何交替，不论早晚，我都是一个人，阿诚也没有问过我。每次我都要一杯抹茶拿铁，时间久了，也就心照不宣了。兴许是快要毕业的缘故，阿诚还是第一次主动跟我聊起天来。

"今天又是一个人？"

我伸了个懒腰，笑眯眯地回应他："是啊，你不也是一个人吗。"

从我认识阿诚的第一天起，这个店只有阿诚一个人在打理。若非要说还有一个，就是那幅巨大的油画中的那一位少女吧。

阿诚愣了愣，兴许是没料到我竟如此简洁直白。

"我是在等一个人。"等谁呢，等待了这么多年，在一个校园里。我好奇地想听他继续说下去，他却拿出了点单册说："你喝了三年的抹茶拿铁，今天换一下口味吧，算我请的。"是的，我从来就是一杯抹茶拿铁，不曾想过其他饮料。或者跟执着专一的性情有关，要么就是有强迫症。

"谢谢你的盛情招待，饮料我就不喝了，你跟我说说故事呗。你在等谁?"

阿诚原本放松的神情突然变得严肃起来,他起身径直向吧台走去,也不再理会我的问题,只是一边调着咖啡,一边时不时望着墙上的油画发呆。我也意识到自己触犯到了阿诚的心理防线,有些内疚,便不再说话,低头继续安静地喝着拿铁,继续看这纷繁的大千世界。

过了许久,咖啡店不知何时起,只有我和阿诚两个人了,空气都变得尴尬起来,加上之前自己似乎说错了话,我开始坐立不安起来。我把钱放在桌上,准备赶紧离开这个让我不知所措的环境,阿诚却先开口:"最后一杯我请你,我马上也要走了。"我不敢再问他去哪儿,他说:"她已经走了很久了。"

我顺着他的目光看向画中的少女,原来他在这里,一个人等着一个人。

一个人的迷藏

春光繁衍着点点的温暖,我以醉卧的姿态竖起忧伤。一棵棵的树暗自长高,遮挡着季节外的人群。光影从指间到掌心,一路清晰,一路苍白,看不出似水的流年。

我们总是被一种东西羁绊,它叫"过去"。过去啊,我们总做了些看似超出这个年纪的事情,用大人的话说,这叫"早熟"。有过去的人是幸福的,总在看似成熟的年纪跟自己玩起迷藏,看着似懂非懂的人和事,喜欢忽闪的新鲜感。偶尔会开始害怕,因为自己出现了一些很奇怪的想法,异于过去的想法——想去一个没有人认识自己的地方,独自呐喊,轻轻地游历,静静地生活。

从前喜欢热闹,扎在人堆里的那一种,跟同龄人一起喊、一起叫,觉得这样很潇洒很顽皮。而现在的自己特别怕吵,很喜欢安静,觉得耳边各种声音混杂在一起,让人晕厥,不能好好地做自己的事。不知道是我长大了还是变脆弱了,不再能接纳自己的世界里有那么多的人，认为感情不能随意挥洒，每一种情谊的表达都是酝酿许久才能说出口的。

从前喜欢拍照，喜欢拍大头照，手机里全是自拍。而现在的自己也不爱照镜子了，拍照更多的是开始记录生活，哪怕是风景也好，让自己的相册里少一点自己，多一点世界。

从前想什么，有什么感想，都会发个朋友圈或者微博，想让全世界的人知道并且认同。现在只会静静地写在日记里，因为你一个人的心事，自己知道就好，不给别人看笑话的权利，也为自己保留一席之地。

过去我总想着什么时候才能毕业，不上学多好；现在却开始叹息我的大学生活还没怎么过，就快要结束了，总觉得多少还有遗憾，还想再多读点书。过去我连快递都懒得下楼拿，现在却因为想要吃彩虹芝士吐司和火焰雪糕芝士蛋挞，领了稿费专程跑一趟香港，看着自己能够满足自己小小的心愿，觉得自己也有小小的成就感。

那时候我们的梦想听上去都好伟大；现在只想开开心心简单点，过好每一天。从前总爱给自己树立一个完美的形象，要求自己必须成为什么样子；现在学会问自己，什么样子是自己最喜欢的，对自己太严格容易把自己逼到死角自我封闭。

我开始学会善意地疏导自己，小心翼翼地去触碰自己的软肋，一次一次，从自己每一个小缺点开始更正，每一次的进步，都会自我奖励。有的人也许听上去觉得可笑，可是我们真的都要学会跟自己做朋友。因为许多事情事与愿违都是因为你没弄清楚自己的初衷，走了背道而驰的路，毕竟我们脚下的路实在太多了，条条大路通罗马，而"罗马"也太多了。

你会跟自己玩捉迷藏吗？一个自己在阳光里，一个自己在黑夜里；一个追逐，一个躲藏，有时候也换过来。总之，要对自己矢志不渝。一个人的迷藏，在不久后的时光里，花儿开在你寂寞的心房。

一念放下,万般自在

一直在意过去的失败,只会让想法越来越负面。试着调节心情,彻彻底底放下。

"放弃"绝对不是卑怯软弱的表现,它的另一种解释是"舍弃执着"。然而"放弃"也需要勇气。

在我们短暂的成长岁月里,有一门必修课,叫作"失恋",当然,这不是绝对的,只是相对于大部分人而言。那种"始于心动,终于白首"的命中注定的爱情,大部分发生在20世纪,当下的小年轻则奉行这样一句话:"命运决定谁会进入我们的生活,内心决定我们与谁并肩。"

很多女孩子失恋之后的总结陈词是:"为什么会分开,因为我爱钻牛角尖。"两个字"矫情";一个字"作"。女人用感性去依附感情,男人用理性驾驭感情。大部分女生缺乏安全感,是源于对自己的不自信,于是用哭闹的方式去证明自己的存在感,而男人一次一次的包容其实是在挑战自己的忍耐极限。女生往往忘记"以柔克刚"这个法门,有一句话叫"四两拨千斤,以屈求伸",柔软的东西看似柔弱,它的韧性及弹性却胜过坚硬的物品。强硬的态度容易引起对方的反弹,若能将身段放柔软,反而能使对方欣然接受,同时也能以力借力,将对方的力量转为自己的助力。同时这也需要女生学着放下,看你是爱面子多一点,还是爱他多一点。一念之间,求同存异。

还有的女生在失恋一个月、两个月、三个月甚至更久的时间里,痛苦得不能自拔,抓紧那些破碎的回忆,假装美好地继续生活,编织着一个又一个善意的谎言自我蒙骗。这种症状集中表现为:失眠,每天看前任的动态八百遍,逢人就说自己失恋了并且四处寻求安慰,等等。然而你却没想过,这些行为,理解你的人认为是情话,误解你的人认为你是笑话。

这一类女生的通病在于,没有一个坚强的意志力去发现生活的美好,把所有对人生的期待托付给了爱情,以至于"忘我",使自己卑微到了尘埃里。那么一旦与爱情分道扬镳,她们就会认为自己一无所有。"失恋"是一件痛苦的事,而如果学不会放弃痛苦,幸福又怎会如约降临。

所以现在,请你盘起发髻,梳上刘海,化好精致的妆容,脱掉泛黄的帆布鞋,穿上漂亮的高跟鞋,优雅地走在路上,学会面对和接受。你在这样的年纪里,有奋斗,有事业,有历练,有着小女人天性,不担心老去,不畏惧时光,人生最美好的事物都属于你,请问你还在害怕什么?

其实,人生中会出现形形色色的人,既然离开,就说明他只是在你人生轨迹中买了一张"坐票"的过客,他走了,哪有那么严重,是你想太多罢了,把你的不习惯无限放大,无形之中就把他的重要性无限扩大。许多姑娘在失恋的阴霾中走不出来,或者纠结要不要走出来,你只是不知道如何面对新的生活,你一个人的生活。

那么,百思不如一试,还没开始之前担心得不得了,付诸行动之后,才发现比想象中容易。人生所有来回地折腾,都好,都对,无论开心的、失意的,但没有哪个是错的或者是不公平的。遇见是美好,放下是自在。

呓语

幼时的阳光如鲜嫩的蛋黄，洒落下来。

再长大一点的阳光如装在粉红盒子里的牛奶巧克力，丝滑、柔顺地倾泻下来。

少年的阳光如草莓口味的棒棒糖，甜而不腻，心动而来。

现在的阳光？我说不上来，印象中只有晨曦的寒风和深夜的灯火，仿佛触不到阳光的模样。

偶尔抬头望着那高得难以想象的天空，懵懵懂懂地胡思乱想，仿佛一个季节的风声吹开了花香的青春，一个季节的雨声惊扰了鸟语的婉转。

曾有人说："岁月是心灵的影子。"现在，我站在岁月的另一端，笑声擦过快乐，雨水擦过天空，夜风擦过海浪，心灵擦过恐慌。习惯了忙忙碌碌的生活，突然就有这么一种想法，觉得没有什么比善待自己更重要、更珍贵。

也许以后的阳光会像清凉的西柚渗透下来，会像橘红的火花绚烂绽放，具体哪般，我还无从知晓。

有的事，藏在心里

是不是每个人都有一些难以忘怀、藏在心底、想起来就让人欣喜的记忆。那是关于你自己的，别人不知道的，偶尔想自己跟自己唠嗑，回忆一下，小酌两杯后自己陶醉的事。

我是一个有时候无厘头，喜欢自己跟自己说话的人，昨天我做了一个梦，梦到许多关于小时候的事，零零散散，凑在一起却觉得特别有趣。

我好像从来没说过，我喜欢文字的爱好，是跟琼瑶有关。小的时候，我最喜欢的电视剧《一帘幽梦》，原作出自琼瑶老师之手。那个时候我很好奇，是什么样的魔力可以塑造一个如此有才情的女子。那时，"琼瑶"这个名字对我来说，就像是努力的标杆，看齐的方向。我对她的深爱，不仅让我为她的人格魅力所折服，还一头栽进了她的作品十数年。

她的作品浪漫，与风花雪月无关，是每个人物透露出的性格使然。例如，费云帆与汪紫菱，我们将这两个人拆开来看，一个是懵懂无知的小女孩，一个是历经沧桑的帅大叔，好像无论如何不能将"浪漫"这个词单独赋予二人的生命。可他们因为命运火花的碰撞，一系列阴差阳错的缘分，最终实现了童话一般的圆满结局——她去了风情万种的法国，去了繁花似锦的普罗旺斯，花田、海岸、古堡将她紧紧围绕。这样的一个无拘无束的女孩，是多少女孩的向往。

琼瑶的作品美，除了这样真情流露的阳光欢笑之外，还有一种"凛冽"，这种走心的痛，是在她的作品中与美好同行的。两个空间齐头并进，却又相互关联相互牵扯。绿萍的断腿之痛，她与楚濂之间的爱恨纠葛，正好与紫菱云帆形成对比。命运仿佛是一种魔咒，相遇是幸运，也是挫折。

而故事发展到最后，所有人都选择了用爱去原谅。在爱面前，一切都变得那么渺小。像故事里说的那样，"你是飞舞的绿萍，我是做梦的紫菱"，这个故事的结果就像最初的她们，她依旧是令人骄傲的舞蹈家汪绿萍，而她也是梦想成真的汪紫菱。

这个故事我每年都会再看一次，每看一次都会有新的理解和感悟，但愈加浓烈的，未曾退去的，就是我对这个故事真诚的热爱。也许每个写作的人在很小的时候都有一个埋藏在心底的故事，那是你的文学种子，深埋了许久，最后开了花。

因为喜欢《一帘幽梦》，后来我看了许多关于法国的著作，读了更多琼瑶的作品。这种真诚的欣赏就是，这十年来，你跟我提"琼瑶"这个名字，我一定会一脸笑容地说："喜欢！"

在我看来，每个人的生命都会这样，时而快乐、时而忧愁，会为了谁，充满笑容，会为了逃避什么，飘然远走。尽管你曾经心碎流泪，所有的骄傲自尊都失守，可一定会有一个人出现，来医治你心上所有的伤口。

我故事的开始，与琼瑶有关，更贴切的说法是，与那些琼瑶笔下的梦，有着丝丝缕缕的关联。

有一句话说到你心里

如果你也相信寂寞会开花,那么就是向日葵了。心若向阳,无畏悲伤。

少年时代,你最后悔没去做的事情是什么?骑着脚踏车幻想遇见大海,还是放耳朵去流浪?我们总是在深夜里多愁善感,因为人的眼睛有5.76亿像素,在白天,你的一切喜怒哀乐暴露于阳光下,你的优缺点就像白纸一样简洁直观。现代人都喜欢伪装,在深夜里,关上灯,哪怕脆弱到流泪,也是悄无声息的,自己拥抱自己。

生活就像电影,编剧导演都是你,悲剧喜剧都是自己演出来的,别去责怪生活,它只是你状态的真实反射。

不要总是自我安慰,这样你的脚步会停止不前,鸡汤是给忙碌的人偶尔舒舒心，而不是让你平凡得像个路人甲还沾沾自喜。

我们不愿做普通人，但是我们也真实地爱与付出。我们不甘于平庸，是为了未来站在爱人身边也能为他撑起半壁江山。每一个努力的女孩都值得更好地疼爱，因为往往华丽的外表背后，是数不尽的不为人知的创伤。所有的挫折我们都学会自己承受，有什么理由不去接受。

你会不会在失去谁的时候大哭，然后再告诉自己，我现在为他流的泪，就是当初被他甜言蜜语哄骗时脑子里进的水。

人来人往中，总有那么一个人，像另一个你自己，一见如故，一生相守，而这种概率往往不到万分之一。

我不希望你因为我平凡而爱我，我希望你看到我背后别人看不见的光。

有时候，我们会相信一切有尽头，但我们也会骗自己，缘分是撑来的，于是重蹈覆辙，摔倒爬起，如此循环。

偶尔有一天下大雨时，也会有冲进雨里淋一场的冲动，只是那个为我撑伞的人还没出现，所以我没有冲的勇气。

关心则乱，自己不过分热情，也就不会认为对方冷淡了。与其有时间去揣测一个不给你温暖的人，不如关心关心自己，毕竟路还长，陪你一路到底的是自己。

去选择那个陪你熬夜而不是叫你早睡的人。说的永远没有做的来得真实。有的人就是可以为你违背原则，而有的人则永远活在自己认为对的法则里，他的世界不为任何人妥协。

人与人的相处应该是舒服而有趣的。如果觉得累，那么趁早放手。

当你一条消息发过去，对方的状态是只读不回的时候，你就该知道"自作多情"这个词儿怎么理解了。

花椒虽小但够呛，一寸长的小虫子也有五分的气魄，别小看你自己。

没有永远的美满，尽管现在遭遇挫折，也有可能下一站就是幸福。既然两者都有可能发生，不如抱着好的心态静观其变。

当你跌倒的时候，有人见死不救，有人伸出援手，你要相信，一棵草一滴露，天无绝人之路。

回忆是最可怕的敌人，它的意思是，尽管事情已经过去，我也让你始终念念不忘。可是，未必有回响。

遇见更好的自己

你可以独立，请不要接受辛酸。

你可以沉稳，请不要拒绝纯真。

经过千锤百炼之后，记得对自己温柔一笑。

就算习惯了独自疾驰，也要认真喜爱自己每一步的足迹。

去尝试你那些很冒险的梦，比如随心去遇见你真正喜欢的人。

心碎的时候在枕头下放一颗糖果，说不定能意外地拥有一个甜甜的美梦。

不再将愿望全部托付于"命运"，让无奈的自己开始从"顺其自然"转换为"水到渠成"。不再选择被动地接受与等待，慢慢地看清自己一点一滴的努力，渐渐地成熟，笃定地接受更好的人或事物，只因为你值得。

生活静如死水之时，去游乐场坐一回过山车，让尖叫和呐喊刺激你的神经，唤醒你忘记已久的童年的梦。

出淤泥而不染，首先你要学会在淤泥中生存。

也许你听过很多种声音，清脆、响亮、嘈杂……然而到最后，最好听的却是寂静。学会聆听自己的心声，它静静地跳动，不被任何声响所掩盖。它会告诉你，不忘初心。

喷泉之所以漂亮是因为有了压力，瀑布之所以壮观是因为没了退路，水之所以穿石是因为有了目标。人生不亦是如此？要想成功，豁出去。

无论世界是否待你如初恋，请保持你的善良和真心，因为好运会与你不期而遇。

只有努力，才能优秀。没有那么多为什么。

拥有的都是幸运，请学会感谢。失去的我们也释怀，因为毕竟它来过，使我们生命的乐章更加多姿多彩。

吃什么最补脑——吃亏。所以失意的时候别太难过。

不想解释的时候，一笑而过即可。

无法释怀的时候，安然自若也行。

接下来的每一天，都是我们余生中最年轻的一天，每天都在遇见更好的自己。

再见小时候

那时我们年纪小,你爱谈天我爱笑,动不动就说着天荒地老,梦里花落知多少。

都说女生成熟得早,男生成熟得晚,可我们都是有故事的男同学和女同学,一起成长,一起从无到有、从零到一、从现在到未来。我们都不是完美的人,也并非天使,聪明人也许总是孤独的一个人,而我们总是不后悔做着一个笨蛋。

当一个人青春记忆开始的时候,许多人的世界里都有你。如果人的心是一座房子,那么我想,既然我能待那么久,最后也许会变成房东吧。然而,许多故事,我们总是猜中了开头,猜不到结尾。有的故事,准备开始,欲言又止。

好像每个人的命运里,都有一群很特别的人。

你有,我也是。

那时流行着一句话:"最美的不是下雨天,是曾与你躲过雨的屋檐。"

那时，我们有很多梦想，骑着脚踏车追着风，想要一起考一个好学校。

那时，我们拥有一大群知心的朋友，一起闯祸一起罚站，甚至还偷偷地喜欢过自己的同桌或者其他什么人。

那时，我们不厌其烦地写着留堂作业，在图书馆争着占座，只为期末评个"三好学生"，回家跟父母炫耀自己的青春既热血又认真。

那时，我们认为，这个世界没有你想象的那么好，也没有你想象的那么坏，哪怕月亮不抱你，时光摧毁你，可有人是真心爱你。

那时，我们会熬夜读书，会倾诉聆听，会全力以赴相信付出就会有收获，会相信喜欢一个人很久就会得到回应，会拼命坚定地相信自己和未来。

只是后来一场接一场的大雨将我们冲散了。雨水打湿了衣襟，不小心凉了心。

再后来，我们都长大了，渐渐地，变得越来越脆弱。

如今，我们少了一份恋爱的冲动，会怯怯地不敢拥抱，开始害怕这全世界最近的距离——心贴着心。

如今，我们少了一份生活的赤诚，在许多情况下也开始圆滑世故，会微笑着在心里藏下许多秘密，冷笑着看生活的苟且。

如今，我们友谊的小船也越来越经不起风吹浪打，也许还会侥幸，一个人真好。

你也会开始疑问，为什么我们走过同样的路，却看到不一样的风景。曾经同行的少年，也在不知不觉中渐行渐远。

我们都有一段执拗、可爱又有点矫情的青春。我不曾羡慕谁，也不曾过分骄傲自己。尽管没有被世界温柔以待，却也倔强认真，百炼成钢。

到最后，所有的邂逅都是久别重逢，所有的相遇都是命中注定。

再见，小时候。

最好的自己

因为工作性质的关系,常常和编辑打交道。三年前,意外认识了一个女生,嗯……女编辑。那年我十七岁,她二十四岁。如今我二十岁,她二十七岁。

我们之间虽然跨越了一道彩虹的年龄,但是我们都是"青春那么美好,不努力难道要等死"的人。有人说,互相陪伴走过一段生命的轨迹,知根知底久处不厌还聊得来的人,大多是真情。就像我们,我们从来不是最优秀的人,却如此惺惺相惜。

如果三年前,用两个词定义这位在文字的世界摸爬滚打了近十年的非少女编辑,应该是:随性、拼命。

哦,我忘了介绍,她是一个来自成都的女孩儿,名字叫"胖胖"。

长了一张娃娃脸,天生有点婴儿肥,身高一米六,声音轻柔甜美,怎么看都像日韩美少女。她的至理名言之一就是:外表就是一切。然而致力于减肥事业十几年的她,却从来没有成功过。因为女编辑的人生，不是在码字中就是在校稿中度过，没有时间谈恋爱，没有时间逛街，更没有时间减肥。于是，她把网名改成了"瘦到90斤的胖胖"来安慰自己。我们每一次的约会，她总是风尘仆仆的出现，意犹未尽的离开。一个工作中的拼命三郎，生活中的随性女子。

三年里，她从一个编辑到策划到后来出了自己的作品，从和同事合伙租公寓到自己买房开始小资生活。这一路走来，靠的是一个"拼"字。每天白天上班，下班做兼职，晚上码字。两点一线的状态，公司、家。她曾跟我抱怨："你说我哪天会不会累死？"我笑她："那你歇歇！"她说："我要为了我自己的兴趣目标而努力奋斗！"我问："你做那么多事，你的爱好究竟是什么？"这时，她振作精神，很认真地告诉我她的另一句人生格言："我喜欢钱！很喜欢！喜欢得不得了。"

也许正因为她的率真，我深深地喜欢上了这个女孩儿。我们常常相互吐苦水，也互相勉励，一步一步彼此搀扶走到今天。

不知道是否跟年纪有关系，人会慢慢变得从容淡定。以前吃饭，她总是从头说到尾，而现在她学会先大口吃饭，填饱了肚子再说。我们谈论的话题，也越来越贴近现实生活，不再像从前天马行空一通瞎扯。不是我们话少了，不是我们友谊降温了，而是我们都长大了。

现在的胖胖也没有从前胖了，出门会打扮了，就像她说的，我的人生还是要为自己再活一次。于是，她辞职了。她来征求我的意见时这样说："我已经厌倦了我从前的生活模式和工作环境，这么多年自己一直是这样。没有改变，没有突破，甚至没有时间恋爱、享受生活。人生的激情都快被泯灭。你觉得我应该换新的工作去尝试新的东西

吗?"我说:"你所说的每一句都在告诉我,你很想离开,只是在等我开口,说出你心里犹豫不决却又期待的答案。"

人为什么总是要忍着悲伤去做很多不快乐的事情,那些你放不下的人或事,岁月都会替你将他们轻描淡写,因为日子只能一个方向的朝前走。就像她,幸福喜乐都是自己赋予的,这才是最好的自己吧。

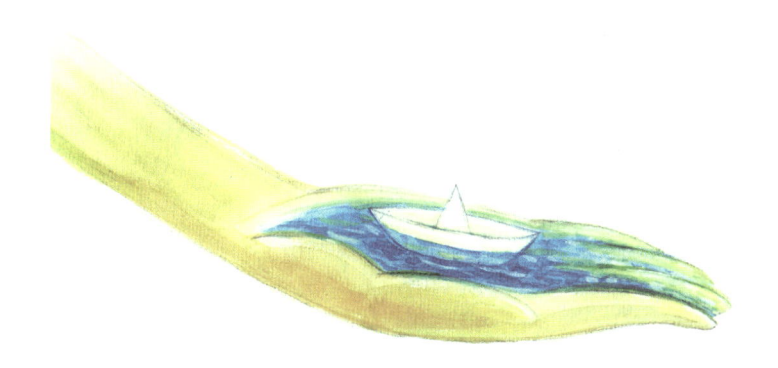

图书在版编目（CIP）数据

我很好，那么你呢 / 文吉儿著 . -- 北京：北京时代华文书局，2016.12
ISBN 978-7-5699-1332-3

Ⅰ. ①我… Ⅱ. ①文… Ⅲ. ①散文集—中国—当代 Ⅳ. ① I267

中国版本图书馆CIP数据核字（2016）第298570号

我很好，那么你呢
Wohenhao Namenine

著　　者	文吉儿
出 版 人	王训海
选题策划	曾　丽
责任编辑	曾　丽　岳升洋
责任校对	石乃月
装帧设计	新艺书文化　段文辉
责任印制	刘　银　范玉洁

出版发行 | 北京时代华文书局 http://www.bjsdsj.com.cn
　　　　　北京市东城区安定门外大街136号皇城国际大厦A座8楼
　　　　　邮编：100011　电话：010-64267955　64267677

印　　刷 | 北京京都六环印刷厂　010-89591957
　　　　　（如发现印装质量问题，请与印刷厂联系调换）

开　　本	880mm×1230mm　1/32	印　张	7.5　字　数　153千字
版　　次	2017年2月第1版	印　次	2017年8月第3次印刷
书　　号	ISBN 978-7-5699-1332-3		
定　　价	36.00元		

版权所有，侵权必究